谨以此书献给容子

愿她在天堂安息

现在，就只剩下我一个人了

我一个人思念

我们俩

◀ 名古屋公共图书馆。城山三郎和后来成为他妻子的杉浦容子第一次见面的地方。

▲ 图左：初识当天，城山和容子看的第一部电影《格伦·米勒传》(*The Glenn Miller Story*, 1953)，由安东尼·曼执导、詹姆斯·斯图尔特主演。这是一部音乐与电影结合的不朽杰作，获得了第27届奥斯卡金像奖最佳故事奖提名。

图右：见证二人婚礼的城山八幡宫古木，有很多青年女子来此朝拜、祈祷。妻子去世后，城山常常去那里驻足凝思。

▲　图左：刚结婚的城山和容子。

图右：城山和容子婚后育有一双儿女。图为城山和妻子容子、儿子有一、女儿纪子合影。

▲　晚年的城山和容子。

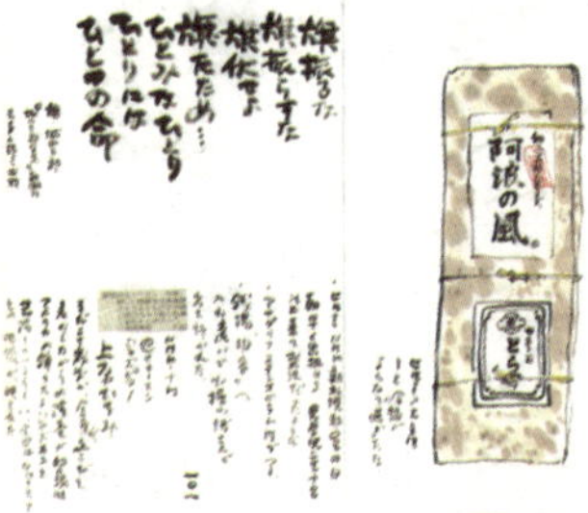

▲ 2000年2月24日，享年68岁的杉浦容子在城山的陪伴下去世。当天，始终坚持记事的城山在日记上只写了一句：“绿灯亮起，灯净澄明，而妻已逝。”城山在去世前九年内记录了大量对容子的思念以及失去爱妻的悲伤，日记多达九本。

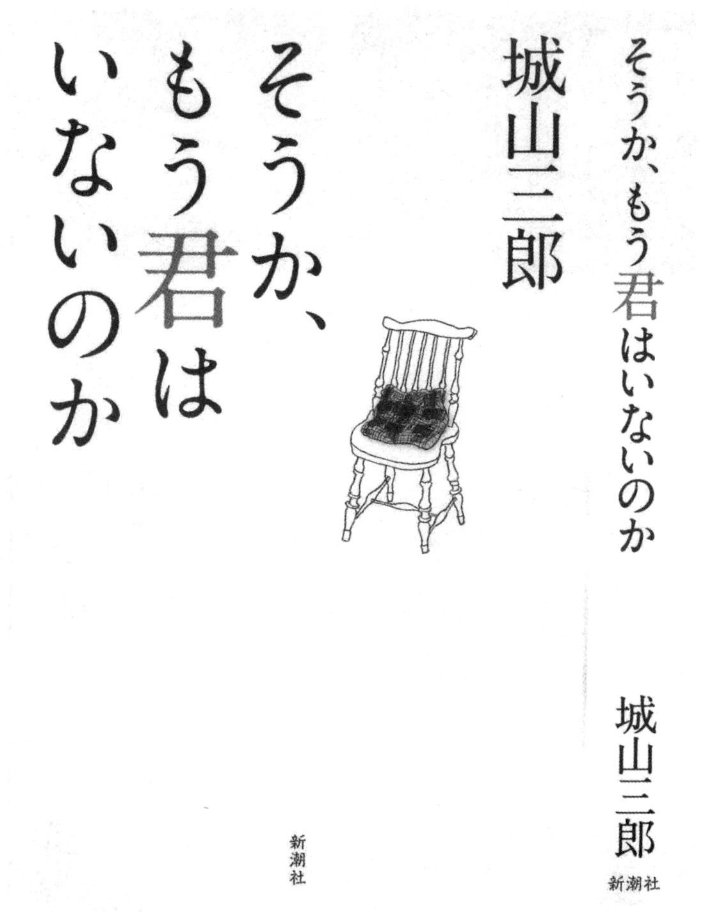

▲　城山三郎去世后，井上纪子根据父亲遗稿整理而成的回忆录由新潮社出版。

▲ 2010年，也就是城山三郎先生去世后的第三年，根据本书改编的电影《原来你已不在身边》在东京电视台播出后，引起了巨大反响，这对相濡以沫半个世纪的老年夫妻的爱情感动了无数人。电影由著名演员田村正和、富司纯子主演。上图为电影剧照。

絺兮绤兮，凄其以风。我思古人，实获我心。

——《诗经·绿衣》

世界上最爱我的那个人哪里去了？

そうか、もう君はいないのか

[日] 城山三郎◎著
李娟◎译

古吴轩出版社
中国·苏州

图书在版编目（CIP）数据

世界上最爱我的那个人哪里去了？ ／（日）城山三郎著；李娟译．— 苏州：古吴轩出版社，2017.7

ISBN 978-7-5546-0962-0

Ⅰ.①世⋯ Ⅱ.①城⋯ ②李⋯ Ⅲ.①散文集—日本—现代 Ⅳ.①I313.65

中国版本图书馆 CIP 数据核字（2017）第 163271 号

责任编辑： 蒋丽华
见习编辑： 顾　熙
策　　划： 张　历
装帧设计： 平　平

书　　名： 世界上最爱我的那个人哪里去了？
著　　者： [日]城山三郎
译　　者： 李　娟
出版发行： 古吴轩出版社
地址：苏州市十梓街458号　邮编：215006
Http：//www.guwuxuancbs.com　E-mail：gwxcbs@126.com
电话：0512-65233679　传真：0512-65220750
出 版 人： 钱经纬
经　　销： 新华书店
印　　刷： 三河市兴达印务有限公司
开　　本： 880×1230　1/32
印　　张： 7.5
版　　次： 2017年7月第1版 第1次印刷
书　　号： ISBN 978-7-5546-0962-0
著作权合同登记号： 图字10-2017-203号
定　　价： 39.80元

如发现印装质量问题，影响阅读，请与印刷厂联系调换。0316-3515999

引言

世界上最爱我的那个人哪里去了？

云淡风轻，阳光灿烂，洒在海面上的光芒点缀了波浪，摇曳着，一片片金灿得耀眼。我独自走在细细软软的沙滩上，海浪顶着白色的浪头轻袭过来。这片沙滩，我和容子来过很多次。我走着，低头看见沙堆里有一枚光亮的玻璃。于是我蹲下来，轻轻地拾起它，然后举起来，透过它去看头顶的蓝天。“啊，好漂亮啊！”耳畔响起容子的声音。“是啊，的确很漂亮。”我说，“喂，你看，那朵云真有意思，就好像天空中飞翔的鸡蛋卷。喂……”没有声音回答我。“喂……”我回头叫容子。蓦然，身后还是那片寂寥的沙滩，还是那一次次涌上来的孤独的海浪，还是我一个人独自行走的足迹。低下头，我再次告诉自己：“原来，你已不在……”

目 录

现在，我唯一爱你的方式就是撒谎

容子走了过来，停在了门口。夕阳照进房间，轻柔的风掀起窗帘。我转身看着她，容子也望着我，眼里闪着泪光。我张开嘴，欲言又止。刚刚还在高声唱歌的她，终于也忍不住夺眶而出的泪水。

“你啊……”我苦笑了一下，打破了沉重的气氛，但是接下来却什么都说不出来，因为我也哽咽了。

我张开双臂，迎接着一头扑进我怀里的容子：“没事的没事的，有我在你身边，没事的。”

也许怀抱是我唯一能给她的安慰。但是我口口声声说着的“没事”却是那么软弱无力。什么叫“没事”呢？连我自己也不清楚，我还那样不停地说着破绽百出谎言。但是，那时那刻，我唯一能说出来的，也就只有这句毫无意义的谎言了。

我轻轻地拍着容子抽搐着的背脊，让她在我怀里尽情地哭着。容子的泪水湿透了我的衬衫，渗到我的皮肤上，凉凉的。身为丈夫，面对哭泣的妻子，我的心里是前所未有的无奈和无力。

我能做什么？我该做什么？我反复地问自己。我不能代替她生病，不能代替她痛苦，我能做的就只有这样给她一个紧紧的拥抱，给她一点点心灵上的依靠。在病魔面前，在生死面前，再伟大的人也只能俯首称臣。我渺小的力量又如何能撼动这个摧毁性的悲哀呢？我抱着容子，同时也抱着自己不知所措的心。

“没事的……”我继续机械地说。

依旧是那最灿烂的阳光，它投射进来，用暖暖的光辉将我们这对无助的白发夫妻环绕在淡淡的金色中。从那一刻开始，容子一天天走向衰弱和死亡。她的生命就这样被突然宣判了，猝不及防……

此刻有谁在世上的某处死去

挚爱的妻子即将离我而去，对我而言，这是一份难以承受的痛苦。我们一起走过这几十年的风风雨雨，她从不挑剔，穷日子的时候也没有怨言。容子是我的贤内助，生活中所有事情她都替我打点、为我准备，我从未担心过饮食起居。我们好不容易携手到白头，突然之间，永远的离别却摆在我们眼前。

面对生离死别，活着的人能做些什么呢？我该怎么做呢？守候在病床前，紧握着容子冰凉的手，我只能默默地祈祷，希望分别的时刻来得晚些，再晚些……

三个月过去了，容子并没有像医生预言的那样离开，而是在病床上迎来了新的一年。不过容子的身体状况已经不容乐观了，一天不如一天，每况愈下。

容子不拒绝服用抗癌疫苗，我查到了一种疫苗的购买渠道，于是每周去一趟东京取药。独自坐在客车上，望着窗外的行人，我试着去想象每个人的生命旅程。出生、死亡，每个人都逃不出这个命运的循环。为了让容子能够多一线生的希望，我来回奔波着，这世上有多少人和我一样有着一生珍爱的东西？在最珍爱的人即将要离开的时候，谁都会像我一样去极力挽留，再苦再累也是值得的。

我每天去两次医院，从家或者工作室走过去，路上买些吃的。我每天和容子一起吃晚饭，我像照顾孩子一样精心照顾着容子，亲手把饭喂到她嘴里，饭后就漫无边际地和她聊天。容子靠在窗台，我坐在病床旁的椅子上，阳光透过窗户照进来，迎着温柔的光线，我们讲起很多往事：我们去旅游时发生的种种趣事，我专程去阿拉斯加待了一周也没看到极光的糗事……

身体状态好的时候，容子的笑声还是那么爽朗。容子性格开朗，喜欢和别人交流，聊天的同时会把自己的快乐传达给周围的人。不论走到哪里，只要容子是开心的，她周围的人也一定会跟着开心起来。护士小姐有时候也会加入我们的谈话中。她问我们一起旅游时会不会经常吵架，并说她跟她丈夫新婚旅行时就开始吵了。

于是，容子解释了我们不吵架的原因："到了观光地我们就各走各的，他喜欢逛名胜，我特别喜欢逛商店、买特产，所以我们想吵也没机会吵啊。"

说到极光的事情时，护士小姐都在笑我："先生您居然不知道白夜现象啊！"我一脸尴尬，笑得最开心的却是躺在病床上的容子。

容子住院那段时间，女儿纪子几乎天天都在医院照顾容子，经常陪容子聊天。一天我还没走近病房就远远听到母女俩在笑。

一进门，女儿朝我坏笑着说："爸爸，原来是这样的啊？"

"什么这样的？"我不解。

"我长这么大一直以为爸爸和妈妈是相亲认识然后结婚的呢！"

"哈哈，你猜错了吧？"容子接过话去。

“我和你爸爸可是真正地通过自由恋爱而结婚的。”

于是，我们又讲起在图书馆的相识，讲起那封坚决的绝交信，讲起我们奇迹般的重逢。

女儿嘲笑我：“看不出来，爸爸，你第一次见妈妈就上前搭讪啊？”

“哈哈，我那是男子汉的行为，懂得该出手时就出手！”

“哈哈哈哈……”我们都笑了起来，整个病房都被笑声点亮了。我们就这么回忆着过去的美好，谁都不愿去触碰即将到来的离别。

好景不长，进入二月，容子的身体越来越虚弱，最后到了起不了床的状态，只能安静地躺着，时不时喃喃地说几句。有时候容子会疼得睡不着觉，我就轻轻地帮她揉揉腰，希望能缓解一下她的痛苦。到后来人为的按摩已经起不到一点缓解疼痛的效果，医生开始使用吗啡镇痛。看着病床上痛苦的容子，我意识到任凭我有多么舍不得，任凭容子有多么不情愿，最后的离别还是来了。

2000年2月24日，杉浦容子与世长辞，享年六十八岁。

我常常觉得，和容子的分别是那样的突然。检查出身患肝癌后的第四个月，入院治疗了两个多月，容子就永远地离开了。太突然，我甚至没有准备好该如何去面对。作为比容子年长四岁的丈夫，我从未想过容子会在我之前离开。容子曾经答应过我，会照顾我直至我离开人世的那一天，因为没有她我就不知道该怎样生活。

“我知道啦，爸爸你走了以后我还要健健康康地活十几年呢！”容子的声音仿佛还在耳畔。而如今她失约了，先走了，留下不知所措的我。

就在容子停止呼吸的那天傍晚，我和女儿纪子坐在病床边和容子还聊起全家一起去非洲旅游的经历。

“爸爸和我们都吃坏肚子了，就妈妈一个人一点问题都没有。妈妈肠胃真厉害啊！”纪子说。

“是啊，某个人还说什么明明是想减肥的，但就自己没事，太不公平了。呵呵，那时还真生气了呢。”我凑近容子，笑话她。

容子躺着，听我说完跟着笑了起来：“看着你们那么难受，我是真想替你们受罪啊！”虚弱的容子声音细细碎碎的。

“等你好了，我们再一起去非洲吧！”

“好啊，但是，可能有点太远了。”容子的表情透露出一丝惆怅。

“哪有这回事，坐着飞机，一会儿就到了。”我抢着说。

容子转过脸看着我，说：“孩子爸爸，什么时候我能去了，我想和爸爸一起，就我们两个人，像以前一样，一起去多摩动物园那样。”

“动物园啊，好啊，你知道我喜欢动物。”我笑起来。

“嗯，我们准备好便当……”

“对对，准备好便当，再带上小酒，看着一路的樱花……”我不停地点头，脑海中回放起我们曾经一起出游的情景。

“爸爸，你该回家了。”一旁的女儿提醒我。

我看时间不早了，于是准备起身回去：“妈妈，我先回去了，明天再来看你，你有什么想吃的吗？”

“爸爸，你今晚能在这里陪着我吗？”容子一脸焦急。

我有点吃惊，平时都是纪子在这里陪着她，今天是容子第一次要我留下来："嗯，没问题，只要妈妈你希望我留下，我就留下陪你。"

"可是，妈妈，爸爸每天都来也很累的，今天就让他回家睡吧，有我陪着你。"女儿担心我。

"就今天一晚上，好吧？倒是纪子你，好几天都没好好休息了，你今天就回去睡吧。"容子坚持着要我留下陪她。

"可是，爸爸在这里能睡着吗？"女儿左右为难。

"没关系，没关系，今晚我在这里，你放心回家吧！"于是女儿回去了，我留下来陪着容子。

夜晚的病房显得更加安静，我关上大灯，只留下床头的读书灯。我站在窗前，看着外面的夜色，夜空中没有月亮，路上也没有什么车，信号灯由红色变成了绿色，一盏一盏车灯开始移动。我拉上窗帘，转身回来，见容子闭着眼睛，我以为她睡着了，于是伸手去关读书灯。

"爸爸。"容子睁开眼睛轻声叫我。

"嗯，我在这儿呢。"我坐到椅子上，伏在床边，握起她的手。

“爸爸，对不起……我竟然对爸爸提出了这样无理的要求……”

容子颤抖的声音断断续续的：“本来我应该照顾你的……对不起……”

我摇着头：“不，你照顾了我这么多年，多亏了你，我才能走到今天，要是当初没有遇见你……”我轻轻地说着，哽咽着。

再低头看容子时，她已经安静地合眼了。“容子，容子。”我轻轻地叫了她两声，容子却没有再睁开眼睛，就这样她永远地离开了我……

容子走了，我不得不接受这个事实，但是每次意识到她已经不在的时候，我都会觉得不可思议。家里每个角落都有她的身影。她在我面前打扫卫生，在我耳边说着话，一切都还那么清晰，仿佛就是上一秒的事情。可下一秒她却不在了，而且再也不会回来了。

容子走了七年了，可我依然不能适应没有她的日子。

写关于她的故事时，我总会不由自主地叫她：“喂，容子，你还记得我们去那个地方旅游时你为了买便当没赶上火车吗？喂，喂……”

抬头一看空荡荡的房子，客厅、厨房……到处都是空的，只有我的回音。这时，我才反应过来，又不得不再提醒自己：“啊，原来你已经不在了……”

我低头继续写作，过一会儿又会不自觉地叫：“喂，容子啊……帮我加点茶好吗……”

容子最后的那段日子，每天都要与病魔抗争，每天都要忍着疼痛接受治疗。因此，那些日子就像一张张排列着的灰白卡片，但最后留下的画面却是一张耀眼的彩色明信片。

那一次，在纽约工作的儿子回来看望母亲。因为隔得太远，儿子担心一旦母亲有个三长两短自己也不能及时赶回来，所以他专门请了假，捧着一大束鲜花，回来看望母亲。当然，儿子和女儿商量过，不说他是专程回来的，就说是工作顺便。这样容子和我也不会有太大的心理负担。

儿子有一在证券公司工作，汇率发生大的变动时，他会出现在卫星转播中，解释市场形势。因此容子和我在聊天时总会无意间说道：“下次汇率什么时候变动啊，好期待啊！”看似无意，却饱含了母亲对远方儿子的思念。

有一天，我们真的在病房的电视上看到了儿子，容子很高兴：“啊，看起来很精神啊！这样我就放心啦。”虚弱的容子咯咯地笑了，仿佛就是为了等待儿子出现在电视上而一直强撑到那一天。

儿子那次回来在医院待了两天，第一天我正好去东京取药了，他和妹妹纪子在医院陪着容子。儿子心里很清楚，也许这是他最后一次和母亲见面了。于是，儿子在病床前讲了很多话，还聊起了他的孩子——我们的孙子怎样调皮。

女儿纪子说起母亲看到儿子上电视时的兴奋，容子接过话去：“是啊，我现在还盼望着汇率发生大的波动呢！”

有一笑了：“不过最近一段时间都比较稳定，估计近期不会有什么大的变化了。”

“是吗？那你不可以让汇率变动一下吗？你不是证券经

纪人吗？就不能想点办法？”

母亲的话让有一哭笑不得：“妈妈，你就别逗了，这么庞大的市场岂是我一个人能左右的啊？”

“哈哈哈哈……”又是爽朗的笑声。

“纪子。”容子叫女儿。

“怎么了？”正在收拾病房的女儿凑到病床前，挨着哥哥。

“妈妈出院后想搬到爸爸的工作室去，那里离车站近，以后来医院看病也方便。而且，以后的时间里，我还得麻烦爸爸照顾我。你们说好吗？”

“嗯，妈妈说得有道理。”儿子点点头。

“但是，一旦有什么事情，还得麻烦邻居帮忙啊，我担心你爸爸一个人处理不了，这么说，还是就在家好是吧？”容子开始矛盾。

“到底住哪里好，妈妈你慢慢想吧，我们会和爸爸商量的，你现在不用着急决定。”儿子宽慰着母亲。

“也是啊，慢慢想。”容子抚摸着胸口，安心地躺着。

第二天，我和儿子聊起纽约的春天，我曾感受过一次，真的很漂亮。于是我们和儿子约定，等容子出院了，我就和她一起去感受纽约的春天，去看我们的孙子。

不知不觉，儿子到了该离开的时候。飞机不等人，儿子拉起母亲的手："妈妈，我这就出发了，下次再回来看你。"

容子伸出另一只手握着儿子的手："好的，代我向安子（安子是有一的妻子）和孩子问好。"

"嗯，我会的。"儿子收拾行李准备起身，我打算把他送上出租车，于是也跟着起身了。

容子的目光跟随着我们，正要出门的时候，身后传来容子爽朗高亢的声音："有一！"

我们回头，容子突然从床上支起身体，要下床，滑了一下，好不容易站稳。更让我吃惊的是，下一个瞬间，容子整理整理病服，朝着儿子微笑着挺直腰背敬了一个礼，说："一路顺风！"

瞬间，世界安静了，我们都怔住了。

容子那么精神抖擞地站着，背后是透过窗帘照射进来的暖暖阳光，她站在那里，闪着光芒。

看着母亲的笑靥，儿子也随即举起手来朝着母亲回敬一个礼：“是！我出发了！”

空气凝固了一会儿，看着互相敬礼的母子俩，我哈哈地笑了起来，容子和儿子也都笑了。我们脸上都笑得那么开心，但是眼中含着泪水，因为我们心里都知道，这是母亲跟儿子最后的道别。

身为小说家的我，见过也写过很多场面，但是容子最后一刻的爽朗是我未曾见过也写不出来的。我们都被她“欺骗”了，她明明心里无限悲伤，脸上却还绽放着灿烂的笑容。

我送儿子到门口，行李放上车后，儿子跟我告别：“爸爸，就送到这里吧。”

我上前告诉他：“有一，爸爸认为，幸福其实很简单，工作和伴侣，如果这两样都满意的话，就是幸福。”

“嗯，爸爸，我知道了，我会铭记的。”

从出医院上出租车到登上飞机，长时间的旅途中，儿子反反复复想起母亲最后的姿势和笑脸，忍着盈眶的眼泪，儿子一遍遍地举起右手行礼："是！我出发了……"

每次回忆起那一幕，我都说不出话来。不，是颤抖着泣不成声地默念："这样的谢幕方式，对于给了我这么多年快乐的你来说，再合适不过了……"

格兰米勒的音乐再次响起，我恍惚中回到了那个与容子重逢的夜晚。吊灯旋转着，洒下点点金黄色的光芒，酒色氤氲，音乐弥漫，我牵起容子的手走向舞池。

容子一袭白裙，配一双精致的白色高跟鞋。偌大的舞池只有我们两个人，没有天花板，抬头便是皎洁的月亮。我们轻轻地迈着舞步，听得见彼此的呼吸。

"我以为再也见不到你了。"容子低着头对我说。

"但是我一直相信我们还能再遇见。"

"呵呵，你真会哄女孩子，这么会说话。"容子以为我是在讨她欢心。

"不，我是说真的。"我肯定地说，语气坚定。容子停下了舞步，抬起头，怔怔地看着我。

看着容子清澈的眼睛，我告诉她："你知道吗，这是命中注定的。从我们第一次见面开始，一切都注定好了。”

容子笑了：“你怎么知道呢？”

“因为你是我的守护天使。”

“守护天使？”

“你将一生守护我，让我幸福快乐。我们此生要彼此相依在一起，这是命中注定的。”

四目相对，容子看到了我的一颗真挚的心，她迎过来轻轻地抱着我，音乐继续，我们的舞步继续。“执子之手，与子偕老”是我们一生的约定。

当你老了，头发白了

茶水车站附近有一栋高楼，里面有一个大讲堂。

我应出版社的邀请，来参加在这个讲堂里召开的一场文艺演讲会。这栋楼里还有一家妇女杂志出版社，不知道是不是这个原因，此时台下坐得满满当当的听众中七八成都是女性。

主持人介绍完后，我迎着听众的掌声走上了讲台。我有些紧张地环顾了一下台下的听众，清了清嗓子："从何说起呢……"

我低下头思考，我有个不好的习惯，不知道为什么每次一站到台上开始讲话时，我的脸部表情就会不由自主地僵硬起来，情绪也会跟着变得深沉。不管是讲学术内容还是讲生活内容，无论想展开什么话题，我总是会习惯性地变得严肃。

我板着脸抬起头，正准备发言时，忽然注意到二楼坐席的第一排有一个熟悉的身影——她显然刚刚来，坐好后便转头望向我。我定眼一看，果然没错，那正是我的妻子容子。

我看到她，已经到嘴边的话又被咽了回去。

目光相遇的那一刻，容子突然对我做了一个搞怪的动作：她把一只手举到头上方，另一只手放到下巴下面，就像是用两手抱着自己的头，然后眯缝着眼睛，朝着我“嘻…”地咧嘴一笑，露出一排洁白的牙齿。这个动作是当时特别流行的一个漫画人物的标志性动作，搞怪而滑稽，在电视里也经常看到，很多年轻人都在模仿。

“容子也真是的！”我心里嘀咕着，“怎么在这么正式的场合逗我笑，周围还有这么多人看着呢！”

我虽然有点生气，但她滑稽的模样又确实让我想笑，终于我还是忍不住，“噗嗤”地笑了一下。声音通过麦克风传了出去。我意识到自己有些失态，于是尴尬地停顿了一会儿，才整理好思路开始我的演讲。

不过这一次，我僵硬的表情却因为那“噗嗤”一笑而彻底瓦解，演讲在轻松的氛围中顺利结束了。

我回到休息室，容子也蹑手蹑脚地跟了进来。我以为她会满怀歉意地跟我说“对不起”，结果她却一副若无其事的样子，脸上甚至还残留着笑意。我只能万般无奈地说道：“哎，我真是服了你。”

“不好意思啊，刚才影响到你演讲了，以后我再也不会了。”容子轻声细语地向我道歉。

“当然！怎么还可以有第二次呢！”我假装严肃地说。

“不知道刚才在场的听众中有多少人注意到了容子的动作和我的反应，会不会给大家留下什么不好的印象呢？”我暗自担心了一下，脑子里瞬间闪过很多不好的猜测。不过回头一想，既然事情已经过去了，就不必再深究了。

因为演讲已经结束了，我不想在休息室待太久，就跟别的演讲者打了声招呼，便离开了。容子一直乖乖地跟在我身后。

我和容子走出来之后，她直接拉我上了出租车。

司机回头问："两位去哪里呀？"

容子立刻回答："麻烦您带我们去银座。"她转过头看向我，两只眼睛仿佛在说"可以吗"。车已开动，即使我有意见又能如何？我只能勉强地点点头。得到我的允许，容子兴奋地转向司机说出具体地址，像个任性的小姑娘一样。

或许读到这里的您，会误会我跟容子是一对年轻夫妇，其实，那时我们都已年过半百。我的头发都已花白了，而我的妻子容子一直精神饱满，偶尔还会得意地向我炫耀："今天逛街我走得很快，街上那些高中女孩都比不过我，呵呵，我还是宝刀未老啊！"

虽然我在东京上了六年的学，但闲暇之余几乎都在国立公园、吉祥寺附近活动，去银座的次数少之又少，即使结婚之后也难得去一次。我总觉得自己跟银座这个地方实在没什么缘分，归根结底，太繁华、太嘈杂的地方不太适合我这种文人。

容子则与我相反，她说从日本桥前的三越商场、高岛屋商场出发，穿过银座，再走到新桥车站是她唯一的健身方式。对容子而言，逛银座简直就是家常便饭。有时候她会去淘一些打折品，不过更多的时候还是去饱饱眼福，边走边看，感兴趣了就去试试。这种自由的闲逛方式无疑是容子生活的乐趣之一。

有一天，吃晚饭的时候，电视里正在播放一则美国新闻：人类可以利用人造卫星把自己的遗骨发射到太空中，于是遗骨就能绕着地球一圈一圈地转。这样，人类就真正实现了“长眠于天国”。

看完这则新闻，一旁的容子认真地望着我，说道：

“老公，拜托你，你千万不要去尝试！”

我带着几分吃惊又有几分疑惑地问她：“为什么？你怎么担心得那么远？”

“因为你喜欢坐飞机，喜欢飞向蓝天的感觉啊！所以等你死了之后，你也肯定想飞在空中，然后每天在天上俯瞰着我。那样的话，我去逛银座的时候，想到头顶上有一双眼睛在瞪着我，该多不自在啊！”

正吃着饭的我差点把饭喷出来。听起来虽然有点搞笑、有点幼稚，但容子竟然就这么认真起来了，似乎真的开始担心了。

所以我只好说："好好好，我不那么做就是了。要是真那样天天绕着地球转，我估计我会头晕到吃不消的，所以你放心吧！"

"哈哈，那太好了！"容子用手摸了摸胸口，松了口气接着说，"你也放心吧，即使你不监视我，我也不会盲目购物的，我坚决实行理性消费。"

我也不知道世上还有没有像我们这样对话的老夫老妻。看着容子认真的样子，我只好苦笑着，默默地点点头。

我总是把天堂想象成图书馆的样子

我和容子的相遇，还得追溯到我的学生时代。那是一九五一年初春的一个上午，一次偶然的机会，我和容子相识了。五分钟，不，三分钟，哪怕差三分钟，也许我们就会擦肩而过。没有第一次的相遇，就不会有相守一辈子的机会。然而，这一切似乎都是命运安排好了的，不早也不晚，于是我们恰好在那个时间点相遇了。

我一直认为这是命运的邂逅，让我们在对的时间遇见了对的人。

当时我还是个学生，在东京上大学，忘了是什么缘故，我回到了名古屋的老家。我家附近有一个图书馆——名古屋公共图书馆，我和容子也是在这个图书馆相识的。

对于酷爱文学、酷爱书籍的我而言，图书馆无疑是个天堂，但对于不爱文学、不爱书籍的容子而言，图书馆无疑像个地狱，如果没有特别的事情，她是打死也不会去的。所以我一直坚信，能和容子在图书馆相识，绝对是上天的刻意安排。

名古屋图书馆是由实业家矢田绩投资修建的。矢田绩曾经帮助过福泽桃介（日本明治时期思想家福泽谕吉的养子）、丰田佐吉（丰田汽车集团创始人）等名人。后来，矢田绩把自己的大量藏书和他修建的这座图书馆一并捐给了政府，成立了名古屋公共图书馆。

与一般的公共图书馆相比，名古屋公共图书馆里经济产业方面的书籍比较多。我父亲年轻的时候经常来这里看书，也常常给我讲述他在图书馆的藏书中看到的涩泽荣一、大仓喜八郎等人的传闻轶事。这里的藏书丰富了父亲的头脑，也丰富了我的童年。算是继承了父亲的优良传统，我喜欢读书，从小就爱去这家图书馆看书。到了大学时代，偶尔回老家时，我也会根据自己正在研究的课题，不定时地去图书馆查找资料。

遇见容子的那个初春，我正在写一篇题为《中京财界史》的论文。在论文中，我打算将幕府时代末至现代所有名古屋经济人士为经济发展所做出的努力与贡献总结一下。为了查找一些相关资料，我一回到家就去了图书馆。

那一天，我同往常一样，早早地去了图书馆。等我到那里时，才发现图书馆没有开门，门口立放着一块“今日休息”的牌子。

“今天不是图书馆规定的休息日，大概是图书馆发生了什么事，所以还没有开门吧！”我这样告诉自己，并凑近了几步去看个究竟。

“真奇怪啊……”我心里嘀咕着，但还是不死心地呆呆地站在图书馆门前。看着图书馆里空无一人，没有丝毫要开的意思，我终于决定打道回府。我转过身刚一抬头，眼睛立刻亮了起来!

一位身穿红色连衣裙的女孩出现在我的视野里，正迈着轻盈的步伐朝我走来。阳光洒在她红红的连衣裙和橙色的手提包上，她那青春盎然的脸上，洋溢着阳光般的微笑。

我怔住了，与暗淡的图书馆相比，眼前的女孩是多么光彩照人！她身上的灵气与光芒，点亮了周围的一切，同时也点亮了我的心。我甚至怀疑她是不是从天而降的天使。

我一直愣愣地盯着她，直到她来到图书馆门前，停在了我的右手边。“啊？今天怎么会不开门呢？”她斜着小脑袋自言自语。站在一旁的我不知道该不该回答，也不知道该如何回答。

“今日休息”的牌子就摆在面前，她懊恼地嘀咕着，看她满脸疑惑的样子，大概是不知道该等待还是该离开。

我知道图书馆附近有一个叫“荣町”的电车交汇点。从那儿徒步到我家只需要七八分钟。荣町是名古屋最繁华的地段，相当于现在东京的银座尾张町。它是市内交通的中心，那里有发往东南西北各个方向的电车和巴士。所以不管想去哪里，在荣町都能坐到去那儿的车。

此时我不知哪里来的勇气，大胆地对她说：“估计今天图书馆不会开门了，我们都回去吧，要不我们一起先走到荣町？”

她点了点头："嗯，好啊！"

就这样，我们俩一起离开了图书馆，并肩走在林荫道上。初春时节，沐浴着暖暖的阳光，与如此美丽的女孩一起漫步于林荫大道，只记得当时我的心一直怦怦直跳，心里美滋滋的，嘴角不自觉地上扬。我已经忘记了当时那感觉是兴奋，是激动，还是腼腆，也许，三者兼有。

我们安静地走着，我想找些话题跟她攀谈，但刚开始我完全不知道该说什么。

此时，她突然问我："请问，你在哪个大学上学啊？"

这个主动的提问打破了我们之间的尴尬气氛。我断定她是个活泼开朗的女孩。于是我们聊了起来，我告诉她我是一桥大学的。她带着疑问的口气说了一句："一桥大学啊？"然后就没说话，也许她是第一次听说这个学校。

她没听说过这个学校很正常。我是从军队复员回来才参加考试的。当时的一桥大学还叫"东京产业大学"。我入学后，学校恢复本名"东京商科大学"。后来学校又设立了法学、社会学等专业，成为一所综合性的大学，于是便以学校的发祥地命名，更名为“一桥大学”。虽然说的都是同一所学校，可校名却变了又变。况且，更名为“一桥大学”的时间还不长，因此，她没听说过也不足为奇。

我进一步给她讲了讲我的大学，告诉她“一桥大学”是一所以经济学为主体的大学，并且学经济的很多学生毕业后都会去公司做职员。于是，她顺口问我毕业后是否也想进公司当职员。我的回答似乎出乎她的意料：“我不打算找工作，现在的我算是一个未成名的学者吧，毕业以后我打算先在某个大学就职当教师，然后一步步走进靠笔吃饭的生活。”

听了我的回答，她竟然吓了一跳，停下了脚步看着我，十分认真地向我确认：“靠笔吃饭？真的吗？”

“嗯，是啊。”

“这样啊……”之后她陷入了沉默。

看她如此惊讶，我以为是她认为文学界很不安稳，靠笔吃饭很艰难，才会替我担心今后没有出路。之后才知道，我完全会错意了。

原来她正好有一个非常要好的朋友，家里是文具批发商，专门批发各种笔。听我说要靠笔生活，她瞬间想起了好朋友家艰难的生意，于是不知道该怎么评价我的职业理想，就沉默了。

知道了原委的我真是哭笑不得。也许因为当时我话说得不够清楚，所以她很贸然地做出了判断。

为了缓解沉默的尴尬，我问她："你经常去那家图书馆看书吗？"

她顿了顿，很郑重地告诉我："不是啦，今天是第一次去。"

我听她说她家住在中村公园附近，从那里到图书馆还有点远，这么大老远地跑来图书馆，我当时还肯定地以为她一定非常喜欢看书。事实证明，这次我又判断失误了。

我们边走边聊，不知不觉到了荣町。面前是一条叫"广小路"的街，跟银座一样，路上有很多年轻的男男女女。从这里右转不远就是我家。

很近的地方有一个电车站，她回家的路是往西坐电车，往前乘几站就到了。但神奇的是我没有右转，她也没有去坐电车，我们就这样自然而然地并排着走在了广小路上，一路上话题源源不断，越聊越投机。

我无意地问了几个问题，才发现原来她还只是一个高中生。

“难道她是觉得在学校学的知识不够，才专程跑来图书馆看书的？真是一个上进的女孩。”我心中暗自钦佩。

接下来的交谈完全打破了这瞬间的钦佩感，似乎只是为了证明我再次判断失误。

她告诉我，当天是为了逃避学校的运动才来图书馆打发时间的。但主要还是因为之前积攒了太多的作业，堆得像山一样，已经到了非做不可的地步，才半推半就地来图书馆写作业。结果图书馆没有开门，这样一来，她又喜又忧。喜的是不用写作业，忧的是白跑一趟，作业还是堆积如山。

我们悠闲地漫步在广小路上，一路经过了几个电影院。其中一个电影院门口挂着一部美国音乐电影的海报。这是我一直都很想看的一部电影，今天图书馆没去成，正好有时间，于是我停下了脚步。

她也停了下来，注意到了海报：“‘格兰米勒’，看起来挺有意思啊！”

“嗯，说到爵士乐，就不得不提到格兰米勒。”

“爵士乐，就是从美国传过来的音乐吧？”

“对，它是从黑人音乐发展过来的。”

“哦，是不是很有趣啊？”

“呃，这个我也没看过，不知道好不好看……不看怎么知道好不好看呢，我们一起去看吧！”我激动地邀请她。

她先是吃了一惊，然后微笑着点了点头：“嗯！好的。”

我和她并排坐着，我时不时地侧过脸看看她专注的脸和眼神。演到开心的情节，我会听见她咯咯地笑；演到伤心的情节，我会看见她略带忧伤的表情。偶尔她也会看看我，目光相遇的时候我们便相视一笑。电影在不知不觉中结束了，和大多数美国电影一样，这也是一个很圆满的结局。我和她带着无限的回味，很满足地起身离开。

从电影院出来，我们又回到了广小路上。两个人都有一点口渴了，于是我们进了一家看起来很清新明亮的咖啡厅。一切都显得那么自然。我们相视而坐，谈论着对电影的感受，引出了更多的话题。

后来她看见我带着一本历史书，露出很感兴趣的表情。正好我已经看完了，于是慷慨地把书借给了她。她一脸感谢地说，这本书对她学习历史一定有好处。看着面前这个捧着历史书的女孩，当时我执意地认为她一定是一个很爱看书的女孩，不对，是一个爱看书的天使。

我偷偷地仔细打量着她，她的五官端庄大方，总带着甜甜的笑容，给人温和之感。瞬间我有种相见恨晚的感觉，如此美丽的女孩，上帝怎么没让我早点认识她呢?

后来，我们约好下次还在图书馆门口见面，她把书还给我。我又打听了她家的住址和电话号码。她一边说，我一边认真地在记事本上记录。

对面的她突然“噗嗤”地笑出声来。

“怎么了? ”我疑惑地问。

“哈哈哈哈，你现在的样子好像警察查户口！”

“啊，哈哈，是吗？不好意思。”我连忙道歉。

当时我记得太专心了，想必目光也很尖锐，才会让她觉得我的样子和警察办案一样。但是她并不知道，这个地址和电话号码对我来说有多么重要。我强烈地期盼着能和她再次见面，害怕我一个不小心记错了，令我们从此失之交臂。

我一定要牢牢记住她的地址和电话！那一刻我心里熊熊燃烧的激动和紧张，她是无法看到的。

那次见面后不久，我收到了她寄来的明信片，上面还写了简短的赠言：“前几天你借给我的《日本史》对我的学习起到了很大的作用，非常感谢你。现在书看完了，我想把书还给你，你十四日下午一点半到两点之间能来图书馆吗？我们到时候见。”

念完信，我心中一阵欣喜。终于，我又能见到美丽的她了。

之前我记录她的地址和电话时，她说我像警察，当时只是一个笑话。但万万没有想到的是真有一个像警察一样的男人一直跟着我们。我们被那个人监视了。

幕府时代，德川家康的近亲尾张一族曾在名古屋一带居住了三百多年。因此，名古屋的社会制度等级森严，即便到了明治时代也还残留着这种风气，司法部门和警察局的作风都很严苛，甚至还出现了由教师和家长组成的监视学生的“教护联盟”。

二战结束以后，日本还有类似的组织，换一个现代一点的说法，就是引导青少年成长的民间志愿者团体，真是一个奇怪的组织。所谓的志愿者们一旦发现有行为不当的青少年，不仅会警告当事人，还会迅速告知孩子的家长和老师。正好，她家附近就住了这么一个志愿者。他看到我们俩从电影院出来，就开始跟踪我们。后来还直接到她家里告状，向她的父亲提出了警告。但是当时的我，对此事一无所知。

离我们相约见面的日子越来越近，我也越来越激动了。某一天，我突然接到了她打来的电话，她在电话里的声音听起来似乎很紧张，见面的地点也由原定的图书馆改到了广小路旁边的一个广场。

我们见面时，她连坐都没有坐一下，只是颤声对我说："我不能再和你见面了。"话音未落，她塞给我一封信便匆匆离去，就像旁边有人监视她一样。

我不断地叫着她的名字，追了过去，想问清楚是怎么回事，但她非但没有回头，还越跑越快，像在逃开某种恐惧似的。

看着她远去的背影，我心里一片茫然，不明白究竟发生了什么。打开信一看，内容是用僵硬的字体写的一封语气非常强硬的绝交信——看起来像她父亲写的。

"从今以后我再也不会和你见面了，也请你不要再给我写信或者打电话，我们就此绝交。"

这封信让我深受打击。

"她到底是妖精还是天使？""妖精果然还是应该跟妖精在一起，如此美丽的妖精，我一介凡人又如何能消受得起？"那段时间，我常常像个傻子似的自言自语，时而苦笑，时而黯然神伤。

说起来真的很不可思议，她是唯一令我想要结为夫妻、相伴一生的女孩，虽然我和她只见过一面。失恋的伤、绝交的痛，对我来说是相当大的伤害，事情过去了很久，我还没有从悲伤中走出来。我总会情不自禁地想起她。

之后在东京生活的那段时间，我也结交了几个女性朋友，但是再也没有人能让我产生如此强烈的结婚的想法，她是第一人，也是唯一的人。

虽然心中还是会隐隐作痛，但是我也明白，我不能这么一直茫然下去，我还要继续走自己的路。

生活在别处

容子是第一个让我感觉像天使的女孩。从我初次见她的那一刻，“娶她为妻，与她终身相伴”就成了我心中一个不可替代的梦想。

我是一个比较单纯的人，但凡单纯的人都不太容易改变自己的想法。她是第一个令我怦然心动的女孩。从此，我便认定了她。

虽然当时那封绝交信给我带来了沉重的打击，但是现在回想起来，当时我似乎并没有因为那件事而极度地闷闷不乐，也没有在那段难过的日子里写过悲伤的日记。连我自己都觉得那时的表现很不可思议。或许因为那时我还是一个学生，还有自己应该回归的大环境吧，那就是回东京专注于我的学业。

被拒绝后的我在东京开始了新的生活，幸好如此，在那段难过的日子里，我过得并不是那么艰难。或许，我应该庆幸自己在一个还不算差的时机被拒绝了。

我在一桥大学念完了预科和本科，总共六年。前五年我都生活在东京武藏野区的边上，住过大学学生宿舍，也住过禅寺。住宿舍时，一个宿舍共六个人，没有私人空间，想一个人待着的时候，我就拿着手电筒钻到壁橱里，打着手电筒看书思考。

那时我视书如命，甚至觉得晚上睡觉都是浪费时间，于是就服用一种叫非洛滂的兴奋剂，整夜整夜不睡觉，疯狂地看书。当时的日本电力供应还不够充足，经常停电。但是有一个地方总是亮着的，那就是电车站。于是，无数个停电的夜晚，我为了能够看书，拿起书奔向车站。

大学的最后那年，我决定住到既能感受到江户历史气息又离市中心近一点的地方，于是那年春天我就开始找房子。最后，我在谷中墓地边缘地区的一个山崖下找到了一处容身之地。

那是一个独门独院的两层建筑，三面都是墓地，一面靠着山崖。我本人并不忌讳墓地，所以也没有太多顾虑地决定住在这里。

一楼住着房东太太和她的女儿，我栖身二楼，开始了新的生活。

搬到谷中之后，我告别了之前五年的暗淡生活。我开始频繁地外出，向市中心繁华的地方一次次地“出击”，去那些我以前很少涉足的繁华区域。

虽然内心的美好初恋憧憬已经被打破了，幸好我还能用其他追求将内心的空洞填满。我努力让自己每一天都有新的追求和目标，每一天都充满希望和期待。

梦想与希望的确是极好的爱情疗伤药。我在接触了不同的人、不同的事之后，淡忘了曾经的忧伤，我的世界也跟着重新晴朗起来。

白天，我会去位于日比谷、被称为“进驻军图书馆”的民间信息局，在那里看上好几个小时的《英美新刊》。为了更好地学习理论经济学专业，同时也带着点临时抱佛脚的心理，我开始在神田的数学教研馆学习高等数学。

傍晚，我会去御茶水的法语角学法语，法语是由巴黎人直接辅导的。之后去俄学院，一位体态丰腴的俄罗斯中年妈妈教我俄语中级会话，学生只有我一个。晚上，我去舞蹈教室学跳舞。每一天的行程都安排得井然有序，生活规律而充实。

在这一段时间当中，虽然我在不同的地方结识了一些未婚或已婚的女性朋友，其中也有知心的，也有让我瞬间冒出结婚想法的女孩，但是，关于结婚的更具体、更进一步的打算我就没有认真考虑过了，只是想想而已，后来渐渐就作罢了。

那一年的冬天很冷，下了很多场雪。每个雪夜瞭望窗外的墓地时，我都有一种安静与肃穆的感觉渗入内心。

倘若作家幸田露伴描写的五重塔还没有被烧毁，下雪的夜晚远远凝望它，应该会有一种让人屏住呼吸的壮丽吧！

借宿的时候，楼下房东太太的女儿每晚都会端着热腾腾的粥给我送到楼上。她是一个很漂亮的女孩。当时我就当这碗粥全是房东对房客的好意而接受了。

说是给我送粥，可女孩每天都会化好妆，穿着整洁的和服上来。我也不傻，知道这位漂亮的女孩是喜欢我的，一句简单的“谢谢”并不足以回报她对我的心意。但是当时考虑到我还只是个学生，我没有迈出那一步，没有和那个女孩走得太近。

不久之后，我就搬家了，离开了给我关怀的房东母女，离开了让我安静的雪夜墓地。

就这样，在被“天使”拒绝后我又从谷底爬了起来。但我却没办法彻底地将“天使”从我的脑海中移除。我会时不时地想起她，想起那个令我想与她相伴一生的女孩……

如果再一次相遇，那我们就在一起吧

1952年春天，我刚好大学毕业。那年父亲生了一场大病，感觉自己年事已高，希望子女留在他身边，因此，我一毕业他就催促我回家：“我不用你继承我的店，只要你人回名古屋就好。”

我听从了父亲的话，在临近的冈崎市爱知学艺大学找到一份专职讲师的工作，每天从名古屋的家里到学校上班，开始了我的职业生涯。

从旧制大学毕业几天后，我立刻置身于新制大学的讲台，成了从高处俯视学生的教师。这也算是一个奇妙的转身了。

虽为师长，可我的年龄跟我教的学生差不多，班级中甚至有一个从军队回来的年纪比我还大的学生。

有一天我正在台上讲课，这个学生竟然无视课堂纪律，打开他的便当盒就开始吃起来。我心生怒火，这简直就是对教师的挑衅，难道就是因为我比他年轻吗?

周围的学生也都发现了，大家都望向我，似乎在等着看我对此会有怎样的反应。我没有丝毫犹豫，大声地训斥了那个学生，并把他赶到了走廊里。

事实证明当时我的做法是完全正确的。台下坐着那么多和我年纪相仿的学生，有的甚至开始打赌，赌我是会忍气吞声还是会勃然大怒。如果那时我没有训斥那名学生，也许从此我会威信尽失，再也无法在讲台上站稳脚跟了。

原本我只教经济理论，后来又开始担当指导学生的工作。由于我过于年轻，很多学生都不服我，因此工作常常很难推进。有时候和学生们一起出去吃饭，推杯换盏之间，我总是觉得自己好像是在跟一帮朋友喝酒，然后不自觉地就喝多了。说起来真是有些丢脸，好几次都是我先倒在了酒桌上，我的学生们反过来照顾我，送我回家。

临近期末的三个月中，我有一次喝得差点丢掉性命。

那是在毕业送别会上，我和一群即将毕业的学生喝酒道别。有学生知道我喜欢游泳，于是当众起哄要我游给他们看看。

我借着酒劲说：“好，我就在店门前的矢作川支流（菅生川）游给你们看！”

我站起来就要冲向河边。

几个学生拽着我的胳膊说：“老师，太危险了，不要去！”

也有学生跟着起哄，拍着手说：“放开他，多有意思啊，让他游！”

当时我已经喝得有点不清醒了，水势很猛，气温也很低，但我却奇迹般地没有出事。想想真有些害怕，如果那天我再稍微多喝一点，说不定第二天我就上报纸了——题目为《大学教师酒后溺水身亡》。

工作后，开始有很多人给我介绍相亲对象。在注重稳定的名古屋，我的条件算不错的。我出身经商家庭，虽然没有继承家业，却是国家公务员，大学文部教员的身份让人觉得我相当可靠。我上班的地方也不断有人给我介绍对象。

于是各种所谓的“美女”照片接踵而来，让我应接不暇。

“你先看看照片，合适就见个面吧！”介绍的人们恨不得我立马决定。说实话，那些照片中的女人我没有一个相中的。并不是她们都很难看，只是因为当时的我根本就没有心思去看、去挑。

因为总是被介绍的人追着问，我也不知道怎么拒绝才好，而且每次说拒绝的话也很麻烦，于是我咬牙想到了一个很好的借口，我对他们说：“如果是绝世美女的话，我就见。”

从那以后，每次被人逼着看照片的时候，我就会说：“是很漂亮，但是还真称不上是绝世美女啊。”

我心里很明白这么说会显得狂妄自大，但是，为了能彻彻底底地了结，我也只能这么办了。不过，这招还真的很有效果。

“对方是一个很可爱的女孩，你见见吧？”“虽然这女孩相貌普通，但是心地很善良……”“这个也不行吗？”介绍人诸如此类的唠叨，都被我一句“不是绝世美女”顶了回去。

所谓“绝世”，不就是说在世上找不出来吗？这一个条件足以让介绍的人们无从下手。但遇到家里给我介绍对象的情况，父母就为难了。通常都是熟人介绍，还很不好拒绝。

那时候，我也确实到了谈婚论嫁的年纪。不过我并不着急，和我一起从一桥大学毕业在名古屋就职的十来个同学都还是单身。我们偶尔会一起去喝酒，喝完酒去舞厅跳跳舞。当时非常流行跳舞，和他们在一起自由自在地玩乐，我的生活也并不无聊。

舞厅里都是年轻的男男女女，气氛很好。不论是跳舞，还是只在旁边看热闹，都会觉得精神放松、心情愉快。跳舞的男女们舞技也是参差不齐，有跳舞跳得特别好的高手，也有仅会胡乱晃动身体的初学者，大家都按照令自己尽兴的步伐跳着、摇着。

有一天，我喝过酒之后又去了平时常去的舞厅。当我醉眼迷离，哼着歌，混在舞池的男男女女中摆动着自己的身体的时候，突然，我看到了一个熟悉的背影——那个我多年以来念念不忘的身影。我呆立在舞池中央，差一点喊出声来。我竟然再次遇见了她！奇迹，这真的是奇迹！

在爵士乐响起的地方，我再次见到了那个我一直无法忘记的“天使”。

此时，我的“天使”正在跟一个年龄与我相近的青年男子跳舞。她乐感很好，跳得也很好，一袭白色的连衣裙随着她每一次的转动而飞舞。我的眼神追逐着她的身影，再也无法移开。

多年不见，我的“天使”已经褪去了当年的稚气，出落得更加大方漂亮了。在喧嚣的背景中，她终于转头发现了我。四目相对的瞬间，我的鲜血全冲上了脑袋。“天使”微笑着朝我点了点头，是的，她居然也还记得我。迷离闪耀的灯光将我们彼此的脸照得忽明忽暗。那个瞬间，一直作为我们之间最浪漫的一个时刻，珍藏在我的记忆中。

过了一会儿，乐队换人了，跳舞暂停。她朝我走过来向我问好：“晚上好。”

“你好。”我一时不知该说什么。

“那时候，真是不好意思。”她低头说。

“那个时候真是太突然了，我都没有意识到发生了什么事，当时，是不是我做错了什么？”我忍不住问，这个问题已经困扰我很久了，只是我从没有奢望过有一天能当面问她答案。

“没有，你没有做错什么，其实……”她正要说什么，舞曲却再次响起了。她回过头，不远处她的舞伴正翘首看着她。

“那位先生好像在等你。”我说。

于是她欲言又止，转身走了过去。

看着她离去的背影，我的心里突然涌起一股力量，我坚决地朝她走了过去，伸出手弯下腰：“你能与我跳一曲吗？”

她有些吃惊地看着我，手悬在半空中，顿了顿，在我和舞伴之间权衡了一下，然后将手轻轻地搭到了我的手掌上。

我立刻握紧了这只手。

后来我才知道，原来，那时她同样也在等待着我。

得到她的默许后，我万分欣喜："不过，你和我跳，你的朋友没关系吗？"

"没关系，那位朋友只是我认识的一位银行职员，普通朋友。"

"哦，是吗，没关系就好。"我再也掩饰不住欣喜的笑容，上一秒的我是多么担心那是她的男朋友啊！

我牵着她的手，缓缓走向舞池中央，静待许久的音乐再次响起。

就这样如梦一般，命运让我们再一次重逢了。我们在舞池中轻盈地舞动着。优美的旋律萦绕着我们，面前的她是美丽的妖精还是天使已经不重要了，重要的是这一刻是真实的，那个我多年忘不了的女孩此刻正与我共舞。

跳着跳着她悄悄塞给我一张便笺。

"这是什么？"我问。

"是我们公司的电话号码。"她在我耳边轻轻地告诉我。

她父亲命令她与我断绝所有书信和电话来往，但要是公司的电话号码的话，她父亲是不会知道的。

“那，我可以给你打电话吗？”我兴奋得昏了头，傻乎乎地又确认了一遍。

“嗯！”她甜甜地笑着，深深地点了点头。

第二天早上我就迫不及待地按照便签上的号码打了过去。

“你好，这里是M公司秘书科。”

是她的声音，绝对是她。电话这头的我按捺不住兴奋。简单地聊了几句后，我约她见面，告诉她见面的时间和地点。

“好的，我明白了。”虽然她故意装作在接工作电话，对我一本正经地使用敬语，但是我听得出来，她的语气中也夹杂着喜悦之情。

她在秘书科，所以电话可以直接接到她那里，不会因为接起电话的是其他人而带来不便。对我来说，这简直就是“上天的眷顾”。她的再次出现，让我的世界瞬间明亮起来，生活从此洒满阳光，我每天就算什么都不做也会不由自主地微笑起来，周围的所有事物都变得那样美好。

如今，她已经从学校毕业，我们都是步入社会的成年人了，我们再也不用顾忌别人的眼光，开始自由地见面约会。我们和所有热恋中的情侣一样，为每一次约会而精心准备，一起去看电影，一起喝咖啡，一起散步聊天。只要见到对方，就会变得开心起来。随着彼此接触的深入，我们的感情也越来越深，她是一个让我不会感到厌倦的女人。我们都沉浸在甜蜜的爱情里，彼此都认定对方就是自己的理想伴侣。

有一天，我和母亲一起走在街上，迎面走过来一个年轻女孩，看到我们时，她的脸唰地一下就红了，朝我们点了点头便匆匆离开了。

母亲告诉我："刚刚过去的那个女孩，之前也托人来介绍想和你相亲。我们拒绝了，所以人家见到我们时才会觉得不好意思。"

"哦……"我若无其事地回应了一句。

我的母亲太了解我了，有时候我真觉得她简直像个神仙一样。她从我的反应中立刻断定了一件事：“你呀，一定有自己喜欢的女孩吧？”

然后母亲不断地追问我。我也觉得是时候告诉母亲我和容子的事了，于是就把我和容子交往的事全盘托出了。

之前大概是为了尊重我的意见，别人给我介绍相亲对象时母亲都拒绝了，但这并不表示她对我的终身大事不着急。不知道母亲是不是也已经厌倦了别人不停地上门来介绍，她听完我的话后，觉得容子真的很不错，便立刻打听清楚容子家的地址，冒冒失失地直接去拜访了。

那个年代的名古屋，结婚不只是两个人之间的事，而是两家人之间的事。相亲是肯定会有双方家长参与的，有人说媒的话就会由媒人在两家之间搜集各种意见和看法，来来回回地在两家之间穿梭。总之，当时通过媒人说合是一种普遍的形式。但是，我母亲完全没有按照惯例走，而是自己奔到容子家去了。

庆幸的是容子的父亲生在东京长在东京，也在中国的哈尔滨、大连待过很长的时间，是一个思想很开明的人。

容子的父亲说话速度很快，自称年轻时喜欢骑着一辆当时还很少见的摩托车招摇过市，帅气得不得了。总之容子的父亲是一个不拘一格的人。她父亲没有介意我母亲的突然造访，对于我和容子的事，也干脆地表明了赞同的态度。

两家家长的会面非常成功，我和容子也非常开心，是的，我们要结婚了，在亲人的允许和祝福下，我们即将成为夫妻。

创作了《魔鬼辞典》的美国作家安·比尔斯曾经说过这样一段话："人脑子出问题的时候会做两件事，一件是自杀，另一件就是结婚。"姑且认为当时我和容子都是脑子出问题了吧，我们没有丝毫犹豫就决定结婚了，那一年，我二十六岁，容子二十二岁。

最初的爱情，最后的婚礼

名古屋有个惯例，平时生活可以过得简单朴素一点，但遇上红白大事就绝不能拘泥于小钱，要下大手笔去操办。尤其是结婚，这是两家人的大事，就更需要大办一场。选豪华气派的礼堂举行结婚典礼是基本的，招待亲友的婚宴也要设在高级的料理店。还有其他的种种细节，总之很讲究。

我这个人最怕麻烦，考虑到我自己也不会继承家业，将来还得靠笔头吃饭，说不定到终老都只是一个贫穷的学者，也就不用那么在乎世人的看法了。于是，我决定一切从简，不想为了迎合世俗的眼光，而花钱办一场奢侈的婚礼。

我们的结婚典礼就定在市里的结婚仪式会场举行，布置得很简单，连亲友的招待宴也省去了。我打算把节约下来的钱用于我和容子的新婚旅行，我们俩计划去九州三岛观光。当时的日本还不能自由出国旅游，去南九州的鹿儿岛、樱岛、雾岛三个岛上转一圈，是当时最有人气的蜜月旅行路线。

结婚那天，天还没亮，容子就被家人叫起来沐浴更衣。沐浴完毕就是盘头，然后化妆。在日本，结婚的时候新娘需要化很浓的妆。从脸庞到脖颈，都会涂得白白的，再点上红红的双唇。穿上庄重的嫁衣，梳好讲究的发型，是名副其实的盛装打扮。

因为化妆很费时间，所以化完妆的容子还没来得及吃口早饭，就不得不出门了。为人亲和友善的容子，平日和邻里关系很好，从家里出来的容子，一路上挨家挨户问候近邻，大家热热闹闹地为她祝福，就像自家嫁女儿一样欢喜。她空着肚子喝了一杯又一杯祝福的米酒。

我在会场焦急地等待着，时间快到了，可容子还没到，这使我坐立不安，几次三番到门口去观望。

终于，容子姗姗来迟，但是因为喝了酒，步伐有些不稳。我赶紧上前扶着她："怎么才来呢？路上出什么问题了吗？"

“嗯嗯，”容子哼哼呀呀的，“喝了点酒。”

“什么，你喝多啦？”我吃了一惊，“没事吧？”

“没事。”容子冲我摆摆手，一副摇摇欲坠的样子。我又好气又好笑，容子也真是的，这样重要的日子居然也会喝多。眼看时间就到了，我赶紧牵着她跑进会场。

结婚仪式上讲究的“三三九度”是日本婚礼的传统习惯。婚礼上，新郎和新娘要交换三次酒杯，每杯酒喝三口。寓意今后的日子里夫妇二人需要一起经历人生百味。

“三三九度”的酒本来可以轻轻啜三口，意思一下就行的，但是单纯的容子哪里知道那么多，以为端到手里的酒不得不喝完，于是一仰头，一杯接一杯都干了。一旁的我确实为容子捏了把汗，真担心她当场醉过去。

我们的结婚仪式就这样简简单单地结束了。但我的心却无法这样简单地平静下来。这一天，容子终于成了我的妻子。

通常的婚礼流程是仪式结束以后要到饭店宴请亲友们。虽然我计划不招待来宾，但思想传统的父亲坚持认为，亲朋好友们专程赶来祝福，如果连顿饭都不招待的话实在太失礼了。在仪式举行到一半的时候，父亲匆忙地给平时熟悉的一家料理店打电话，硬是拜托人家匆匆忙忙准备了婚宴。

婚宴上大家敬的酒一杯接一杯地递过来，作为新娘的容子，只能一杯接一杯地喝，好不容易撑到了婚宴结束。之后大家一起合影，摄影师冲着我们这边喊“一、二、三”的时候，喝得晕乎乎的容子终于支撑不住，在最后一秒倒在了我的肩上，照片定格在一团慌乱中。之后每次看到这张照片，我都会跟容子提起当时的场景。那个简单的婚礼，是我们这一辈子最幸福、最珍贵的回忆。

婚宴结束后，我和容子立即开始了我们的蜜月旅行。坐进出租车不到一分钟，容子就睡着了。到了车站我摇醒了她，拖着她坐上了开往京都的列车。

在列车的摇晃中，容子困得睁不开眼，后来实在是撑不住了，便靠在我的肩上沉沉地睡着了。在那个年代，恋人在公共场合连手都不会牵，像我和容子这么公然亲热地倚靠着，实在是有些惊世骇俗了。于是，周围的人都投来惊奇和鄙夷的目光：“两个人这么黏黏糊糊的，真是一点都不害臊。”

幸好我是个不顾世俗的人，看着熟睡的容子安详疲倦的脸，我心中充满了怜惜和甜蜜，我根本不管别人怎么看，就这样一动不动地任她靠着。之后，我的肩膀麻木到完全没有知觉了。

我原本计划当天晚上住在京都，在那里我和容子可以去感受一下京都的风土人情，顺便品尝京都的料理。但由于一路颠簸，加上容子喝醉了，等我们到达住处时，两个人都已经疲惫不堪，根本没有心思再去吃东西了。

等我们休息了一段时间，都稍微精神点的时候，我拥抱了我的新娘，并且不小心在旅馆的被子上留下了初夜的痕迹。于是我们生涩甜蜜的初夜，就在弄脏被子而引起的骚动和紧张中画上了句号。

之后我和容子也多次去过京都，说不清是因为弄脏了人家的被子而心虚，还是因为觉得难为情，我们再也没有去住过那家店。

后来容子对我说，关于如何告诉她男女之事，她的父亲伤透了脑筋。容子的母亲在战争时期去世，从那以后就是她父亲一手将她抚养长大的。因为很多话父亲不方便跟女儿直接讲，于是容子的父亲想了个办法，他找了一本带插图的手册，容子准备去结婚仪式会场时，他在上车之前塞给了她，并且告诉她："书里讲的是非常重要的事情，你拿着，一定要找个地方自己悄悄地看。"

容子在结婚仪式会场的厕所里打开了手册，书里的内容让她吃了一惊，顿时面红耳赤。她急忙合上书，慌慌张张地把书扔在了厕所。

也许就因为是父亲养大的，和其他女孩相比，容子的性格更加独立坚强，但对于我来说，容子的性格恰到好处。

在京都住了一晚之后，第二天我和容子坐火车奔赴九州。在鹿儿岛、樱岛、雾岛三个岛转了一圈后，我们去了别府。别府的温泉非常有名，我们俩都想去享受那里的温泉。除了温泉，别府还有一个让我向往的原因，就是那里的动物。

我们在别府住了一天，第二天去了附近的高崎山。在高崎山可以看到野生的猴子，对于喜欢动物的我来说，这比泡温泉更让我精神抖擞。这里的猴子从不怕生，或许是因为见过很多游客，一些大胆的猴子甚至敢凑到长椅旁边来。那天，容子穿着大衣、戴着帽子坐在长椅上，一只猴子很大胆地坐到她旁边。这只猴子因而有幸成了我们新婚旅行照片中的一员。

那张照片的画面美好得没有任何杂质与瑕疵，容子与猴子的神情中有着一种淡淡的纯粹。他们靠得非常近，感觉快要脸挨脸似的，不约而同地面朝同一个方向，注视着同一个点，仿佛前方有什么有意思的东西一样。

这是多么不可思议的画面啊！虽然一边是人，一边是动物，却同样有一种人与人并排坐在一起的神韵。那一瞬间，他俩勾勒出的氛围柔柔地融合在一起，幸亏当时我抓住时机按下了快门，才定格了这个永恒的画面。

我有些手拙，对机械也是一窍不通。可能出于这个原因，我的拍照技术并不好。连自己拍照的时候也不会摆姿势，总是照得很难看，这就是人们常说的“不上相”。

那次蜜月结婚回到家，我和容子发现，我们新婚旅行的照片居然只留下她和猴子的那张，其他照片不是胶卷丢了就是被我照坏了。几天的旅行就留下一张照片，容子觉得很可惜，但也很无奈。

容子每次看到那张照片时，都会碎碎念几句：“你看看，就只有这一张照片，不知道的人还以为我是和猴子一起去新婚旅行了呢！”

“唉，看起来我就是猴子的好朋友。”

“哈哈，貌似我还挺招猴子喜欢的。”

之后容子每次提起那次去别府旅行，都会唠叨两句，显然她心里还是有些不满的。但是对于喜欢动物的我而言，有名的别府温泉还是比不上这只抢走了我风头的可爱猴子。而那张容子和猴子的合照，也让我觉得心里暖暖的，百看不厌。

我自己还真是特别喜欢动物，不论走到哪个国家或地区，我一定会去当地的动物园看看。偶尔还会在脑海中冒出养一些动物的想法。记得有一段时间我迷上了企鹅。突然有一天，我对容子说：“我们在家后院挖一个池子养企鹅吧，你觉得怎样？”听了我的话，容子惊得瞪大眼睛无言以对，就只剩下叹气了。后来养企鹅的想法遭到了家人们的强烈反对，最后我也就放弃了。想想也是，企鹅岂是我能轻易养活的？

原本容子对我去高崎山看野生猴子有点不满，那天晚上我补偿了有点不满的容子。返程的时候我选择了坐船，横渡濑户内海，给我们的新婚之旅添上浪漫的一笔。那晚我们在船上住的房间也是带单独卫生间的，我和容子都很满意也很兴奋。万万没想到的是，那天晚上我们房间的厕所堵了。

那个时代还没有可溶解的卫生纸，我和容子从来都没遇到过这种情况，不知道该怎么办。两个人都不小心往马桶里扔纸了，所以两个人都有责任。但是，世道就是这样，解决问题总是男人的工作。为了把堵住的纸弄出来，我索性挽起袖子开始奋战，费了好大一番工夫。这让我想起我们在京都时也因为弄脏了被子慌张了好一阵子。

唉，想想我们的新婚旅行还真是奇特，总是遇到令人困窘的情况。我这边忙着，一旁的“小天使”跟我撒着娇说：“我这段时间一直没睡好，现在困死了，你忙吧，我去睡会儿好不好？”

我抬头瞅瞅她，看着她惺忪的睡眼，有些心疼地点了点头：“去吧！”

其实每个妻子都需要丈夫的宠爱，性格独立的容子也不例外，也需要我的宠爱。

船到了神户，我们一上岸就被港口附近的一家宾馆深深地迷住了。不但建筑很漂亮，气氛也很好，虽然事先没有这样的打算，但我和容子还是毅然决然地在这儿住了两晚。

回到名古屋，容子立刻给她的家人打了个电话，汇报了一下我们一路的见闻，报个平安让家人放心。

就这样，我们一周的新婚旅行结束了。虽然匆忙中带有一些意外，但更多的是幸福。

回学校上课的第一天，我就被大学事务局叫去了。

“听说你因为去蜜月旅行一周没有上课，这样的情况应该事先向事务局提交申请，得到允许了才可以去。”

当时我以为只要对自己的学生说一下，学生同意就行了。身为大学教师，居然都不知道这项基本的规定和做事方法，真是失职了。

从荣町到城山

一周的蜜月旅行，算是我和容子结婚之后难得的一段甜蜜时光。之后的日子对我们而言，就不那么容易了。

新婚后的我们首先面临的就是住房这一基本的生活问题。战后的名古屋，满城焦土，住房相当紧张。

我和容子是1954年结婚的，那一年整个名古屋住房情况糟糕到了极点，有无数在战争中流离失所的人们找不到安身之处。

因为我们没有自己的房子，只能生活在老家名古屋的荣町，和我的父母住在同一屋檐下。

我们住的是做室内装修生意的老房子，只有二楼的一间房是属于我们夫妻俩的空间。名义上容子是嫁给了我这个打算靠笔吃饭的大学教员，实际上容子是以一个商人家儿媳妇的身份生活着。而作为新郎的我，每天从家里去大学上课。

容子一大早就要起床，给一大家子的人准备早饭。当时，家里经营一家生产室内装修相关产品的小工厂，长期住在我家的店员，加上雇来帮忙的人一共有十多个。也就是说容子每天都要准备十多个人的伙食。活比较多的时候，匠人和店员都需要熬夜加班。因此除了一日三餐，容子连加班时的夜宵也得准备好。生意特别忙的时候，容子还要帮着干点活，比如帮着抬点东西，偶尔还得帮忙刷刷漆什么的。

容子每天忙里忙外地照顾着大家，一到开饭的时候就忙着给大家盛饭倒酒。来回忙碌的容子也渐渐成为众人眼中的焦点。

那个时候，容子真的很辛苦，每天起早贪黑一刻不停地干活，作为商人家的媳妇，里里外外都需要帮忙打点。

可以想象在艰难的生活中，年轻的容子受了多少苦。每天看着容子任劳任怨忙碌着的身影，我和父亲都感叹：

容子绝对称得上是一个贤内助。

现在回想起来，那个时候容子从来没有抱怨过。容子曾经说过，她没有抱怨过，并不是因为她不累，而是因为即使累得要命，也不能怠慢那些为家里工作的人们。一想到全家上下那么多人等着她照料饮食，她就觉得自己绝对不能辜负他们的期待，又怎能轻易地埋怨或抱怨呢?

有时，累了一天的容子去洗澡时，好奇心强又不太懂事的小学徒们就凑到浴室周围，然后大声地说："夫人在沐浴哦！"

"是啊是啊，在洗澡啊！"像是在给所有人转播容子洗澡实况，然后引来一群人的哄笑。

害羞的容子不知道怎么办才好。从那以后，她每次进浴池都小心翼翼的，尽量不弄出声音来。洗澡的时候也不敢大动，就那么半洗不洗地泡在浴池里，生怕小学徒们听见动静又来大声转播。那两年左右的时间里，洗澡确实让容子苦恼了好长一段时间。但是在当时的情况下，容子只能尽量地去忍耐。

还有一件事情让容子叫苦不迭。我是爱知学艺大学商业科的专任讲师，虽然专业与文学无关，但是爱好文学的我在课余时间还和英语科的教员们组织了每月一次的文学学习会。组织这个学习会的契机是对我有知遇之恩的诗人丸山薰先生。丸山薰先生曾经在位于丰桥市的爱知大学当过教授，是他建议我“爱好文学的话就找几个志同道合的人组织一个学习会吧”，然后又介绍了四个他的好伙伴给我。此后，我们就开始利用每个周日的下午开半天学习会。

五个人，不论出身和经历，因文学而聚到一起。我们开会的形式很简单，就是大家相约去看同一篇文章，然后针对这篇文章各抒己见，进行激烈彻底的讨论。无所谓谁对谁错，关键在于讨论的过程，每个人只要讲出自己的看法与道理就行。

我们五个人商量之后，给学习会取名叫“克里斯特”。“克里斯特”这四个字源于古老的希腊文化，因为人类文明的起源地是希腊，文学之花大放异彩的地方正是在希腊的克里特岛附近，所以说克里特岛的文化积淀很深厚。

我们成立学习会之初，克里特岛正在闹独立，那里不是一座死火山，而是一座随时都可能爆发的活火山，蕴藏着“星星之火，可以燎原”的气势。对于年轻的我们来说，这个名字堪称绝妙，它的寓意吸引着我们奋不顾身地投入进去。书上记载克里特岛古时候叫“克里斯特”，于是我们决定用“克里斯特”来命名我们的学习会。

当然在战争刚刚结束，一切还不太安定的日本，我们几个人谁都没有去过克里特岛。对克里斯特的了解，我们都是从书本和资料上得来的。

先不计较我们几个人的实力对不对得起这个伟岸的会名，喜欢文学的我们怀着满腔的热情展开了学习会，这种热情是无可替代的。每次开学习会的时候，我们都会喝一点啤酒，也许是酒精的原因，每一次讨论都比预想中激烈精彩。若偶尔一次出现五个人意见一致，不需要讨论的时候，我们大家还会觉得怅然若失、心有不甘。不同的思想在这里碰撞出火花，从而激发出更加独特的思想。我们都喜欢上了那种思想激烈碰撞的过程。一次学习会下来，我们每个人都觉得自己的思维开阔了很多。

学习会在我们五个人的家中轮流着开。第一次在我家开时，容子中途进来给我们倒酒，当时我们讨论得很激烈，容子看到我们像吵架一般争得面红耳赤，连忙慌慌张张地退了出去。

着急的容子找到婆婆："妈妈，妈妈，不得了了，他们在屋里吵架呢！"

看到容子慌张着急的狼狈样，母亲苦笑："没事没事，那群人都是脑子有毛病的人，每次都这样，你以后就见怪不怪吧！"

"真的是这样吗？"容子还是半信半疑。

她担心我们总那样激烈地讨论会直接导致我们吵起来或者大打出手。所以，最初的那段时间，每次轮到在我家开学习会时，容子都会提心吊胆，捏一把汗。后来，在我家多次开过学习会之后，她也渐渐了解，哪天房间里没有传出高声的吵闹才会觉得不正常，说明那是一次没什么成果的讨论。

我们学习会的五个成员谁都没有想到，这样每个月一次（后来隔月开一次）的学习会，持续了整整五十年。五十年的漫长岁月，我们一直坚持着。对于经济学出身的我来说，这是一个无可替代、至关重要的文学学习会。它为我开拓了文学界的视野，激起我创作的热情和火花，更让我切身体会到了什么叫“坚持就是力量”。

五十年如一日，我们从年纪轻轻的文艺青年，变成了白发苍苍的老者。五十年间，我通过学习会积淀的知识与思想，对我的创作起到了巨大的推动作用。

学习会建立二十年后的某一天，为了搜集写作素材，我去了加拿大。坐在出租车里，我看着沿途的风土人情，突然发现路边有一家叫“克里斯特”的咖啡店。激动的我立刻拜托司机掉头，在“克里斯特”前下了车，推门而入。

这是一家规模很小的咖啡店，只有为数不多的几张桌子，但店里的氛围非常温馨。店老板夫妇看起来像是希腊人。我坐下来，要了一杯咖啡，安静地喝着。“克里斯特”这家店名，也是我们学习会的名字，就因为这个名字，我在这里驻足了。回味起我们学习会的点点滴滴，即便我想告诉老板我进店的原因，估计他们也不会理解。所以我就那么低着头，享受着咖啡，享受这对夫妇给我的这段短暂的惬意。

婚后的容子和其他家庭主妇一样，每日忙于家计。不同的是她还有别的主妇不需要做的工作，那就是照顾一堆动物。对于喜欢动物这一点，父亲比起我来，似乎更胜一筹，他对动物几乎到了痴迷的程度。

我家住在繁华的街边，房子不大，但是父亲还是造了一个庭院，挖了一个小水池养鱼。他在池中不仅放养了金鱼、鲤鱼，还养了一般人不养的乌龟和鲫鱼。我是家里的长子，生肖属兔，于是父亲又以此为由，开始在家的后院养起了兔子。

父亲还在二楼做了个一人高的鸟笼，里面养了金丝雀，还混杂着很多叫不出名的鸟。喜欢动物的是父亲，然而，照顾这一群动物却成了容子每日必做的工作。除了做饭、做家务、帮忙做点零工以外，还有一群动物等着容子照顾，她要做的事堆得像小山一样。我们和父母一起住的那段时间，容子每天都处于手忙脚乱的状态。

当婆婆的母亲看到媳妇这么辛苦心里不忍，让我们赶紧从家里搬出去自己住，这样容子也能轻松一些。但是，战后不久的名古屋，到处都是烧毁的断壁残垣，我和容子迟迟找不到合适的住处，想搬出去也很难，为此我也极度苦恼。

我和容子就这样在家住了将近两年，也迎来了我们第一个孩子的降生。我们的第一个孩子是个女孩，当时全家都沉浸在新生儿降生的喜悦中。但是，让我们心碎的是，女孩在三个月大时就不幸夭折了。不久之后，我的母亲也离开了人世。接踵而来的悲痛让我们一家人猝不及防。

母亲在病床上只躺了半天就合眼了。那时候，弟弟还在上高中，母亲去世那天他去看电影，出门时母亲还很精神地和他说话，让他早点回来，但是等弟弟回来的时候，她却已经不在人世。

作为商人家的妻子，母亲忙碌了一辈子。她离世前一段时间，正好罗浮宫美术馆展品要在京都开展，好几年没有出去旅游过的母亲还计划着和喜欢画的父亲一起去看展览。可惜，母亲的愿望最终没有实现。展览开始之前，她就悄然离开了。

母亲过世后不久，我和容子又生了个男孩，就是我们的长子，取名有一。容子一面抱着嗷嗷待哺的孩子，一面代替死去的母亲帮忙打理起家里的生意。相比之前，容子的工作量更大了。

我看在眼里，心里万分焦急，这样下去容子会吃不消，我们的孩子也得不到很好的照顾。我意识到我们从这个大家庭中独立出去的时刻已经到了。正好我得到消息，妹妹的婆家有出租的房子，当时空了出来，于是我立即决定搬家。

1957年3月，伴随着春天的到来，我们搬到了新家，开始了一家三口独立的生活。新家位于名古屋市的东郊，历史上是织田信长旗下的防护城之一，通称为“城山”。城山成为我们独立出去的第一步，我的文学创作也和这个地方结下了不解之缘。

不想当将军的教师不是好作家

不知是哪位大师将克拉克的作品*Boys be ambitious*翻译为《年少，一定要胸怀大志》。真是绝妙的译法，因为这样的翻译能够唤起年轻人的共鸣，激起年轻人的热情。对于单纯的我来说，这句话简直穿透了我的心灵，震撼了我的灵魂。

我曾经认为人生应当大义凛然，于是没有丝毫犹豫，不顾父母反对的担心和劝阻，毅然决定成为一名青年海军。

然而我没有想到，等待我的竟是从早到晚的殴打。我这样的新兵成了“前辈们”发泄苦闷和压力的工具，我在这里经受了无数的拳打脚踢、无数的谩骂侮辱：“谁让你这个傻瓜加入的，大家都这么讨厌海军部队，你还来凑热闹，傻子！傻子！”

那段时间，我以为我会死掉，死在苍茫的大海中，没有人会记得我，怀念我。如果战争再晚一点结束的话，也许这个世界上就真的不会有我城山三郎了。

战争结束后，有人批判我，说我参加海军的行为，幼稚得跟几岁的小孩一样。确实，我根本没上过真正的战场，虽然我挨过无数次打，甚至数次接近生死边缘。可在别人看起来我就是一个怯懦的人，对此我无言以对，无力抗衡。

是那无边无际、湛蓝的天空拯救了我。它蓝得那么美丽动人，蓝得那么令我感动，蓝得让我眷恋这世界的一切，我不禁感叹造物者的神奇与伟大，怎么会创造出这样辽远空寂，又能包容万物的苍穹呢?

后来，每当我思考人生的时候，都会习惯性地抬头看着让我感到宽慰的天空，在那里寻找我想要的答案。

过去的生活就像无望的废墟，那么，在余下的生命里，什么对我来说才是重要的呢? 和那些轰轰烈烈地活过，然后离开人世的人相比，侥幸活着的我能做什么呢? 我该怎样去面对今后的人生呢?

从部队复员回来，走出那段迷茫的状态后，我开始慢慢咀嚼人生的意义。在军队的那段经历对我来说有怎样的意义？我思考着，脑子里不断激起火花，我想，我一定要写下我的思想与故事，我不求名垂青史，哪怕只留下一篇文章能对后人有所启示也好。

那段参军的岁月给我的人生留下了厚重的阴影，我感觉自己像生活在废墟中，并开始怀疑身边的所有事与物。我明白，要想从这样的阴影中走出来，我必须付出很大的努力。于是，我开始沉迷于读书，希望借由书本来充实我的头脑和迄今为止苍白的人生。一切的梦想和希望，我必须要重新用我的双手去创造。

终于有一天，我决定用小说来回答我内心的疑问。我从军队复员回来后一直有这样的想法。我从鬼门关走了一遭，现在感觉自己又重新活了一回。我的人生在经历了一场大风大浪后，走上了完全不同的道路。

搬到新家后，我全身心地投入到写作中，以“输出”为题开始创作小说。

有一次，我和容子漫步在沙滩上，我谈起了我的理想：“只要有我能写的，哪怕只留下一篇也好！”

一直默默地听我讲述部队的艰难岁月以及今后的理想的容子走过来拉起我的手紧紧地握着：“写出来吧，把你想写的和那些只有你才能写出来的，都痛痛快快地写出来吧！我会支持你的。”

容子澄澈的眼神和铿锵的语气让我深受感动。那一刻，我更加坚定了文学创作的信念，怀着这样一颗炽热的心，投身到文学事业中。

写《输出》的前一年，我写了一本叫《生命之歌》的书，以日记的形式记录了一个少年士兵在海军部队里的生活。这是我的第一本小说，其中还融入了我个人的经历。文章成型以后，我将它投稿于名古屋同人社的“近代评论”专题。同人社是以诗歌和评论为主体的文学社，小说方面的登载和评论相对较少一些，因此投稿同人社也算是我的一个挑战。

出乎意料的是，结果比我想象中要糟糕得多，我的这篇小说受到了很多指责和否定。“都什么年代了啊，你还写战争”“以后再也不刊登你的作品了”，等等，同人社的编辑们给我的评价都是那么一针见血、不留情面。

也许是因为战争刚刚结束，人们饱受战火的摧残，都不愿意再提及战争，想把那段灰暗的历史忘却。而我却没有顺应大众的期许，还执意去写那段镌刻在我生命中的血泪史，也许真如编辑们所说的，是我太不了解读者了。

不管是出于什么原因，我的第一本小说被同人社贬得一文不值，这让初入文学界的我有点心灰意冷。今后该朝什么方向走？是坚持自我，还是顺应潮流？我疑惑了。这时容子捧起了我的书，读了起来。

看完后，容子没有多说什么，只给了我一句评价：“动人心扉，催人泪下。”

我怔怔地看着一脸认真的容子，是的，这是容子最真实的感受。这一句话，给了我无限的宽慰和动力。对，我的作品不是低廉的俗物，那是我的心血与激情的凝结，只要有一个人肯定，我就要坚定不移地写下去。容子的话，让我从沮丧中走出来，我坚持着自己的步伐，开始新的创作。

很多人都以为容子是我的忠实读者，读过我所有的作品，连我们经常去的法国餐厅的老板娘也这么认为。其实不然，《生命之歌》是容子看过的我的第一本书，也是最后一本。

她很少介入我的工作中，在创作方面她从不给我意见，也不会打扰我工作，只是在背后默默地做该做的事，不让我为生活琐事操心，让我可以没有任何后顾之忧地尽情写作。这一生我都要感谢容子，可以说要是没有容子这样的好妻子，就没有我作为作家城山三郎取得的所有荣誉，也没有我作为丈夫杉浦英一得到的所有幸福。

继《生命之歌》后，我开始埋头写《输出》，成稿后我往《文学界》杂志投了稿。投稿之前我需要给自己取个笔名。我是三月搬到城山来的，于是我取了"城山"这个地名和"三月"的"三"，给自己取名叫"城山三郎"。

其实用我的本名"杉浦英一"也无妨，但考虑到周围姓"杉浦"的人不少，而且作家杉浦明平先生在文学界已经很活跃了，万一哪天我犯错了，却因为姓氏而让杉浦明平先生也受到牵连的话，那样就不太好了。就这样，我顾虑担心了一大堆后匆匆忙忙地给自己取了笔名，从此开始了“城山三郎”的文学生涯。

投稿两三个月后，我收到了来自文艺春秋社的电报。我的付出和坚持终于有了回报，《输出》让我成功地荣获了《文学界》的新人奖。接到这个消息的时候，我正在泡澡，突然听到容子在外面跟人说话，仔细一听才确定是送电报的。

“城山？我家没有叫城山的人啊？”容子告诉送电报的。

“是吗？但是地址就写的是您家啊？”送电报的人纳闷儿了。

“啊，不对。”听到这里，我立刻从浴缸里探起身来，想告诉容子城山三郎就是我。

这时浴室的门开了，容子一脸疑惑地探头进来：“门口有人送电报，说是给一个叫‘城山三郎’的人，住所地址就是我们家，但是，我们都没有听说过这个人，是吧？”容子几乎没有参与过我的工作，所以她自然不知道我的笔名就是“城山三郎”。

我庆幸容子做事认真细致。如果当时她不进浴室来向我确认，直接把那个送电报的人打发走的话，也许那封电报就会因无人接收而被返回，最后以“获奖者不存在”而收尾，我也就和新人奖失之交臂了。

获奖后我和容子都很开心，低沉的日子终于被打破了。新人奖给了我足够的肯定和力量，让我在文学创作这条路上看到了希望，也让我和容子的生活有了更明确的方向。

《文学界》新人奖颁奖后的第二天晚上，发生了一件让容子心惊胆战的事情。

那天，中学时代的两个好朋友要为我庆祝，邀请我一起出去喝一杯。其中一个朋友是在同人杂志工作的文学青年，和我一样是做笔头工作的。之前我的《生命之歌》在同人社遭到否定，他也有所耳闻。

我们在广小路附近转了一圈，后来进了一家小酒屋。不过关于那晚的记忆，我能清楚地记住的只是我们进店的时候。那天我喝了很多酒，其中大部分是被两个朋友灌的。

我喝着喝着就一头倒了下去，不省人事。

再后来我模糊地记得自己被拖着上了出租车，两个朋友把我送到家门口，把神志不清的我丢给了不知原委的容子。事后我也没有深究两位朋友所谓的庆功是不是存心想灌我，不过那一次真是险些要了我的命。

那次是我结婚后第一次喝得烂醉如泥。那时躺在地上的我气若游丝，喘不上气来，感觉呼吸都快停止了。心急如焚的容子赶紧给医生打电话，但是迟迟没人接听。

“那时候我真以为你快死了，已经没救了。”回忆起当时的情景时，容子还是心有余悸。

当时我的情况已经非常糟糕，容子着急得眼泪直流，束手无策的她除了求救医生别无他法。容子又给医生打了好多次电话，但回应她的只有“嘟嘟”的忙音，始终无人接听。这样等下去也不是办法，于是容子一咬牙背起了还在吃奶的孩子，在月黑风高的夜晚匆匆赶往医院，一路跌跌撞撞，终于到了医院。容子“嘭嘭”地叩响了医院的门，喘着粗气请求医生马上出诊。

看到容子如此着急，医生连衣服都来不及换就赶到了我家，帮我采取了相应的措施解酒，缓解症状。

医生感叹着："还好还好，还好处理及时，再晚一点就不只是失去意识，估计连命都不保了。夫人啊，以后再也不能让先生喝这么多酒了啊，太危险了。"

医生一再叮嘱容子，让我尽量远离酒精。自那次之后，我喝酒再也不敢过量了。事后容子回忆："去找医生的路上我好害怕，背上的孩子在哇哇大哭，我也又急又怕，眼泪忍不住直淌，如果再晚一步，真的不敢想象会发生什么。"

这就是我踏入文坛第一步后的一个夜晚，一个我烂醉如泥、昏迷不醒，让容子心惊胆战的夜晚。

我总想着某天把容子也灌醉，作为对这件事的"回报"，也算满足我个人的好奇心，让自己也体会一下容子当时的心情，可惜直到容子离开，我都没有找到这样的机会。

每次去旅行的时候，无论是在车上还是飞机上，我和容子总会小酌一杯，感觉很惬意。我们经常喝点小酒，但是每次碰完杯，容子小喝一口后都会把杯子递给我，示意我解决剩下的。

一次在去欧洲的飞机上，长途飞行的无聊让我和容子又想小酌一下了。我们先喝的是香槟，容子咂了一小口，把剩下的百分之九十五都转手递给了我。接下来我们又喝了鸡尾酒，我挑了金酒，也给容子要了一杯，还是一样，容子只喝了一口就递给了我。或许是因为气压差，在飞机上喝酒特别容易醉。我想试试在飞机上喝多少会醉，于是我又添了酒，给容子也要了一杯。喝五杯试试，我想着，以五杯为目标喝了起来。一口口地喝着，我突然发现酒少了，原来是容子偷偷藏了起来，结果喝了三杯就没酒了。

容子不承认自己藏了酒，坚持说已经喝了五杯，我不依不饶，肯定我们只喝了三杯。就这样，我们为三杯还是五杯争来争去，到后来酒劲上来了，我们两个人都醉了，争着争着就睡着了。这就是我们夫妇俩人的旅行，很随性自由，偶尔还会无厘头。

怎么写才能住进“油屋”?

名义上说是颁奖仪式，实际上就是我赶往文艺春秋社，在一间办公室里，从负责人手里接过了获奖证书和奖金。没有如今那样场面宏大的记者见面会，更没有宴会。奖金正好五万日元，单纯的我认为，这奖金是通过写作得来的，所以一分一毛都应该用在文学创作上。我攒着钱，思考着如何把它用在文学的正道上。

转眼间夏天到了，我是大学教师，所以我也有一个长长的暑假。至于暑假的安排我早已计划好，那就是住到信州附近专心写作。前一年我曾为了专心翻译，在长野县的上诹访温泉住了一个夏天，所以这一次我打算再花一个暑假创作。之前我还从未在出版界获过奖，而且这次还有奖金。于是，这次，我更加坚定了要将一个暑假贡献给写作的决心。

在那个年代拥有空调还是个奢侈的梦想，名古屋的夏天炎热而潮湿，与其留在家里，不如住到凉爽的轻井泽附近，投身于下一部作品的创作中。轻井泽是一个有文化气息的地方，在文学界也很有名气，不少名作都是以轻井泽为背景创作的。我想，作为初入文坛的青年作家，我也应该在这样的地方安静地过一个夏天，全心创作。

性子急又怕麻烦的我还是厚着脸皮去找文艺春秋社的编辑部，想麻烦他们帮我留意一下有没有相对便宜又适合写作的住处，并拜托他们帮我引荐一下。一个刚刚获得新人奖的小作家突然提出了这样的要求，编辑部的人都吃惊得面面相觑，以为我是在开玩笑。确定我是真的想请他们帮忙后，大家开始四处打电话帮我找住处。

现在回想起来，那时我的行为还真是太莽撞了，作为一个新生作家凭什么麻烦出版社的编辑们帮忙，还帮到这种程度上呢？也许很多名作家都不会提出这样无理的要求。

最后，编辑部给我介绍了一个相当有背景的地方，那就是名作家崛辰雄执笔创作他的代表作《起风了》时住的旅馆“油屋”。

得到这个消息的我受宠若惊，一想起能到“油屋”去创作我的新作，心里的那股兴奋劲便不停地翻滚。我抱起准备好的稿纸，准备住进“油屋”。真不愧是有背景的旅馆，店里的氛围让我自然而然地联想到崛辰雄先生在创作《起风了》时，是如何从这家店里不断获得灵感，又如何将灵感付诸笔头的。太好了，我心想，要是我也能在这里创作的话，一定可以有所收获。

接待我的是一个中年男子，不知道是店老板还是店内服务员，一见到我，劈头盖脸就问：“你写过什么作品吗？”

我拿出预先准备好的《文学界》杂志，翻出我写的《输出》递给他看。

对方一愣：“啊？只有这一篇吗？你没有什么代表作吗？”我点了点头。

中年男子的表情立刻变了，有些无奈但更多是不屑与轻蔑，那眼神像是在说：“这算什么啊，像你这样的小作家，根本就不配住在我家店里。”

因为我只是一个小人物，老板很不愿意我住在他店里，但是顾及我是由出版社介绍来的，老板不好意思直接把我请出去，而是把我介绍到附近的家庭旅馆去住。这家家庭旅馆和“油屋”有契约关系，看起来像是由以前的农家改造而成的，是一个单独的两层建筑，一楼住着一位在附近小学教书的女教师，我住二楼。没有住进“油屋”确实有点小小的遗憾，但这个家庭旅馆环境还是让我很满意，从二楼可以远远地望见浅间山，周围也很安静。无论如何也得写出一部中篇小说来，我暗下决心。

主题我事先已经想好了，不过下笔有点晚，因此，我天天都像钉子般稳坐在简陋的书桌前，一边想，一边念，一边写。一个月下来，我终于完成了一本书的创作，名为《守钥匙的男人》。

书中的主人公是一个学历较低的公司职员，在公司做一些事务性的工作，但却被大家当作警卫员和助手一般使唤。压抑的环境、复杂的心理让他每天都在经受煎熬。书中我着重了很多细微的心理描写，希望从细节出发动之以情，引起读者的共鸣。

夏天一结束，我回到了东京，把《守钥匙的男人》交给了文艺春秋社编辑部，这算是我获得新人奖后的第一部作品。

第二天，我接到了编辑部的电话，这本书被否定了。编辑部的意见是，像这种描写不得志的中年男人潦倒生活的作品已经有好几部了，我的书不能给读者带来新鲜感。他们希望我能够继《输出》后，继续创作新题材的社会小说。先不管当时是不是已经有了“经济小说”这个定义，编辑部认为，无论如何，在人们认同我的创作手法和内容与别人不同之前，在建立起一种全新的印象之前，我应该一直写这类小说。

我一直认为，小说就是小说，不用分得那么清楚，如果非要贴上“社会小说”“经济小说”之类标签的话，就会显得中规中矩、一板一眼，反而不灵活。但编辑解释说：“现在作家云集，要想在众人中崭露头角，就一定要树立自己的风格。”

编辑的话有道理，这也是理所当然的常规。但是，我还是觉得有点心寒，甚至心生怨气：“为什么不在我出发准备去创作前给我说一说要注意这些问题呢，这样我就不会白费一个月的心血了。”

《守钥匙的男人》被否定了，所以我也没有拿到一分钱的稿费。学术界和文学界有很多地方不一样，但是在对待新人的冷漠这点上，两个领域都是一样的。在这里，新人都是沐着寒风遭受冷眼的，没有足够的施展空间，发表也会受到限制，根本不可能实现靠写作维持生计的理想。

离开家整整一个夏天，我埋头创作什么都不顾，最终却颗粒无收，失意而归。回到家里，容子看我一脸沮丧，知道我没有成功，但她什么都没有说，也不打听到底怎么回事，完全一副毫无怨言的样子。

单纯的她没有考虑太多，在和邻居聊起我们拮据的日子时，容子只是心平气和地说：“只要能吃上饭，日子能维持下去，丈夫心里满足，我也就别无他求了。”容子的想法让我很宽慰。

从那以后，不论我想做什么都没有后顾之忧，“走自己想走的路，做自己想做的事”。因为我知道我那善解人意的妻子容子会一直静静地跟在我的身后，一直默默地注视我、支持我，她不会苛求我，也不会苛求生活，她把幸福定义得很简单，简单得如水晶般晶莹剔透。

逃离

我获得新人奖的消息出乎意料地传开了，还在文坛激起了一些小波浪。名古屋是一个大城市，但当时新生作家不是很多。因此，我受到了媒体的关注，尽管那时我还是文学界的新人，还处在应该专注创作的时期。

一些媒体以我曾经的军人背景为出发点，将我看作有一定经验的士官，或者是有点本事的下士官，让我写各种各样的稿件，邀请我去参加演讲会，甚至出席一些会谈等正式场合。

就这样，我在不知不觉中成了名人。有记者、编辑陆陆续续地登门拜访邀稿，我也越来越没时间做自己的事情。

因为生、长在名古屋，我出名也是家乡的荣誉，所以媒体来找我，我都不好拒绝，担心一旦拒绝了会让人觉得我不好相处，觉得我矫揉造作。面对纷至沓来的邀请，我心里开始不安。要是一直这样下去我就危险了，无法专心创作，没有新的作品出来，现在的地位将岌岌可危，所谓的光环也会渐渐散去。我意识到我必须回到之前的“无名”状态。尽管有大量的邀稿，我能写的东西比以前多了很多，但是想要写出饱含自己的思想和情感的东西，我就必须尽快逃离“名人”的束缚，而且刻不容缓。

可惜的是，虽然我对自己的现状心知肚明，也知道必须马上摆脱出去，但是缺少魄力的我还是迟迟没有拿出足够的勇气和力量。直到后来，当压力上升成一种折磨时，我明白了，唯一的出路就是离开名古屋，去一个完全陌生的地方。有妻有子的我是绝对不能丢掉工作的，而且刚刚迈进文坛的我也不太可能单单靠笔吃饭，所以大学教师的工作还得继续。只有这样才能既养家糊口，又不会让我丢失从事文学创作的热情和决心。于是我决定，不管怎样，先搬到东京去住，然后从东京坐特快的火车去学校讲课。

急性子的我顾不上太多，立刻把这个想法付诸行动。携家带口，从名古屋赶往东京。我、容子、孩子一家人坐在东海道线三等列车上。孩子虽小，但也不得不跟着我一起奔波，坐在窗边的他被外面不断变化的风景吸引了，目不转睛地盯着窗外。看着儿子的样子，我想起小学时学的一首歌，歌词的大概内容就是坐在窗边看着窗外风景之类的。

因为我的决定，容子和孩子都不得不搬到东京。看着孩子无邪的眼神，做父亲的我顿生迷茫。一路上我什么话都没说，和孩子一样，看着窗外不停后退的风景。我不知道前方的路会是怎样的，也不知道有什么样的事情等着我们。我承认搬到东京的决定确实是有些鲁莽。但既然迈出了这一步，就没有退路了，必须坚定不移地走下去。不管怎样，我绝对不能再在名古屋过所谓的“名人”生活了。

和名古屋一样，战后不久的东京也四处残留着烧毁的痕迹，住房条件同样不容乐观。我托了很多的关系在板桥附近租到了一处住所，准确地说是一个房间。房间很窄，原本商量好厨房是大家公用的，但是真正搬进去了才发现每次房东家用的时候都紧闭厨房门，我们不能进入。这样一来，我们的孩子常常因为长时间没有牛奶也没有水喝而难受得嗷嗷大哭。容子也想尽办法哄孩子，但是孩子哇哇的哭声怎么都止不住，声声都割在当父母的心口。连累年幼的孩子跟着受苦，作为父亲的我心里很难受，可惜却是心有余而力不足。

因为刚刚搬到东京，找到住处已经很不容易了，所以刚开始我和容子都尽量忍耐着各种不便，但是时间长了全家人都开始烦躁，孩子的哭声更是声声刺到心里。我意识到不能再这样忍耐了，这样下去生活会变得一团糟，日子会越来越过不下去的。作为一家之主，我必须立刻寻找出路。这时我想起了曾经住在茅崎的妹妹和妹夫，于是立刻和他们商量了一下，希望能通过他们找到新的住处。

天公作美，妹妹和妹夫传来好消息，说有一个带小庭院的房子可以租给我们，而且价格和我现在租的这个房间一样。这简直是一个意外的惊喜。于是我立即动身去看了房子，没有太多要求，一个单家独院足以让我们全家都满足，之后我立刻和房东签了约，租下了房子。

从名古屋寄来的家具和生活用品刚到东京，我们又要搬家了。一堆行李还没来得及打开就干脆直接寄往茅崎，也算省事了。我搬家心切，十分恳切地拜托搬家公司务必在春节假期之前把行李运到茅崎的新家，让我们能在新家里安心过年。正值年末，尽管搬家公司也很忙，但是最后还是如期地帮我们把行李运到了。

这样来回折腾一番，我们一家人在除夕那天才搬进新家。我手里就拎了两件行李，容子背着儿子有一。

我领着容子找到新家："就是这里了，赶紧进来吧！"

告别了东京艰难的居住条件，看着眼前的新家，容子欣慰地笑起来，抖抖背上的儿子："小有，我们到家啦，好大的房子哦！"

周围的邻居见到我们的行李很少，还以为我和容子是为了躲债才会在过年时搬家。这话都是后来和邻居熟了大家聊天聊到的。不过邻居也说了："感觉像是躲债的，但是看到你们夫妇俩心情都很好，一点都没有躲债的不安。"真不知道周围的邻居猜测了多久，才一点点地开始试着接触我们、了解我们的。

在茅崎那段时间，我们和邻里相处得很和谐。周围多数都是农家，邻居们家里种的菜收成特别好的时候还会送给我们家一些。虽说那时候我已经拿了新人奖，算是小有名气，但是新生作家的处境艰难，是难以靠笔吃饭的。

新家不远处就是沙滩，我们家房子也是建在沙地上的，因此庭院的地都比较滑。有一次年幼的儿子在院子里玩耍，跑着跑着不小心滑倒，差点掉进一旁的井里。我吓出了一身冷汗，所幸儿子只是磕破了一块儿皮。比起所谓的躲债，儿子的这次滑倒更让我心有余悸。

那是一段清苦的日子，连吃一顿白米饭也是一种奢侈。写作写得很累的时候，我们一家人就在院子里点起篝火，我给容子和儿子烧米饭。我用的是最原始的做法，用树枝生一堆火，上面架着铝饭盒。饭好时我带上厚手套揭开饭盒，瞬间透出的饭香让容子和儿子都咯咯地笑起来。那时候的幸福就是这么简单。

茅崎的气候比东京暖和一些，对于怕冷的我来说，这里的天气恰到好处。

为了养家糊口，我还坚持在大学任教。那时候还没有新干线，我常常一大早要去坐特快列车，到冈崎刚好能赶上下午的课。上完课我就在名古屋的老家住上两晚。这样一周能上三四次课，只要事先调整好时间，工作就不会有任何耽误。但突然有一天经济学部总负责的教授找到我，郑重地告诉我说："凡是从名古屋县外来上课的老师都不能晋升到专职讲师以上的职位。"

听了他的话，我非常恼怒。生活中，每天从首都东京圈以外的县出发去东京上班的人不计其数，这也是相当普遍的现象。更让我不解的是，在我身边就有这样的例子。我任职的学校有一位教哲学钻研"思想科学"的老师叫市井三郎，他就是通常在冈崎住上两三晚，然后骑着他涂得白白的摩托车回家。我甚至听到有人评价市井老师的做法很好，从来没有听说谁指责他。为什么经济学部的负责教授要这么说呢?

我反复思考着，就是无法对教授所谓的"学者和文人，鱼和熊掌不可兼顾”的想法予以赞同。不过，我重新思考了一下后意识到，的确，学者和作家两种工作都是不定量的，需要投入无限的精力和努力，两者都要求一心一意、全力以赴，从本质上来说，这两者是不可以兼顾的。我所在科的上司们也许早就意识到我的职业问题是不得不解决的，但他们可能是理解我需要养家糊口的境遇，就那么默认了。不过最终这个问题还是不得不被提出了，不过是借了经济学部负责教授的口而已。看来，离开大学讲台全力投身于写作已经成为一个必然趋势，只是时间问题了。

虽然我获得过文学界的新人奖，还小有名气，但是文坛或出版界都不是那么容易混出成绩的地方。我花了将近半年的时间写了一部中篇小说，把稿子交给了文艺春秋社的P编辑。不久后我接到来自编辑P先生的电话，编辑对我的作品给予了很高的评价：“你这部作品非常不错，就是有一个小小的弱点。你尽快来改改吧！”然后让我立刻赶往出版社改稿。湘南电车、中阳线，我换乘了几次，边走边打听，最后到了市谷附近的大印刷厂。

到了出版社的出版校对办公室，一见到P先生，他就鼓励我："加油加油，你再多写一两页补上不足的地方，一定可以拿到芥川奖！"

听了他的话，我心里充满了热情和希望。我反复地看原稿，认同了编辑P先生指出的不足，把缺失内容的地方完善了一下，又加写了两页左右，然后交给编辑P先生。他微笑着直点头，算是给了我充分的肯定。

不久后，报纸上登载了芥川奖的候补作品，满怀希望的我第一时间去看报道。出乎意料的是，我的作品根本没有被提名，我心中顿时无限失落。想想当时是编辑部打电话叫我去改稿，编辑还那样高声地赞扬了我，结果我根本没进入候补。我辗转难眠，想不到是什么原因，最后我忍不住给文艺春秋社的P编辑打了电话。

P编辑还没等我开口就先发制人："城山先生，现在已经是大江健三郎和开高健的时代了，知道吗，大江健三郎和开高健……"

"那……"我这头还没来得及回话，电话就被挂断了。

“嘟嘟嘟嘟”，我听着忙音，怅然若失。

当时很多媒体都在以排山倒海的架势报道“大江、开高时代”，几乎没有人来关注像我这样的新人作家。世俗的眼光是冷漠的，貌似这已经是一个“新人行不通”的时代。我们新人没有发挥自己的立场，只能在众人的无视中守着渐渐枯竭的思维，一点点销声匿迹。有媒体曾评价说“这是一个扼杀文坛婴儿的时代”，我感同身受，这个形容非常贴切，我就是正在体会其中艰难的新人作家之一。

容子也在报纸、电视上看过一些相关的报道。不过最终她还是一次都没有问起过我的境遇。容子就是这样，安静地思考着、承受着，考虑如何不给我过多的压力和负担。

这就是我深爱的妻子，是一位懂得如何宽慰我的好妻子。就因为这样，每次我为了搜集素材、专心创作而去旅游或长期在外时，也能够安安心心地按照自己的步调去走。容子一直都是以我的坚实后盾的姿态支持着我，从来不会给我增加什么负担。

说到出门旅游搜集素材，每次我问她要不要和我一起出门时，容子都会特别兴奋地说：“去！去！去！”刚开始我以为她也是喜欢旅游，但后来我才知道容子是为了不做家务，因此，每次去哪儿她都去。

“笔是一支，筷子是一双”，这是从事写作方面工作的人所说的一句警句。寓意着一个人创作，需要有一个坚实的后盾作支持。我庆幸能娶到容子这样好的妻子，多少年，她一直默默地陪伴我、支持我，就如上天派来的天使一样，守护着我。

在茅崎，我过着规律而单纯的日子。每天早上尽量早起，然后开始写作直到中午。吃完午饭稍微休息一下，就去下海游泳。自由泳、仰泳、蛙泳，我换着各种姿势，享受着大海的波涛。有时我觉得单单游泳还不够，就干脆像海兽一样在水中尽情地翻转，潜下去又浮起来。徜徉在大海中，有种被大海环抱的感觉。从海里出来，擦擦湿淋淋的身体，抖抖耳朵里的水，走回家就干了。然后午睡，醒了以后接着写，一直写到吃晚饭，吃完晚饭又开始写，一直到晚上十二点以后。

面前一直摆着稿纸，中途除了吃饭就是去游泳和午休，每一天都这样单调。没有媒体人知道我的住处，没有人会来拜访，我也几乎不去东京。就在这段时间里，我写了两本书——《总会屋锦城》和《大义的收场》。

《大义的收场》主要写一位年轻人毅然加入军队，书中主要描述了战前战后他的生活变化。我以天皇制度为小说主题，算是一半以我自身经历为题材的私小说。这是我创作的第一部长篇小说。主人公用“柿见”这个名字，是我早在六七年前就决定了的。

最初我只想写成一部短篇小说，意想不到的是越写越多，越写越流畅，因此，小说的内容也一点点膨胀起来，后来我重写了好几遍，以便重新布置内容。

有一天，容子不经意地看见了我摆在桌上的稿子，顺势瞟了一眼笑着说：“啊，老公，你还在和柿见打交道啊？”

我也笑着回答她：“是啊，我跟他比跟你还熟呢，多年的老友了。”

那段日子，我天天对着稿纸废话连篇地和柿见对话。

累了就到茅崎的海里游泳。每天重复着相同的事情，不知不觉春天过去了，夏天也悄然离开了，秋天的大海最初是比较粗犷暴虐的，但是我每天过去，似乎感觉大海也渐渐温柔了起来，最后竟然觉得大海像是在讨好我一般，让我感到一股不可思议的温暖。

每天回到家里，容子已经准备好了饭菜。一边吃一边向我汇报：“今天儿子跑到田里拔了邻居家的葱，被骂了一顿，吓得灰溜溜的。”“今天他被雄鸡追着到处跑，最后连滚带爬地跑回家躲了起来。”…… 饭桌上都是关于儿子的趣事。这个小家伙，给我的生活添了不少色彩。

听完容子的汇报后，我又回到房间展开稿纸继续和柿见对话。这看似单调的日子却是我一直向往的日子，在简单的生活中我收获了难能可贵的充实。

为了恢复之前的“无名”状态我才决定搬家到这里，也是为了不被打扰，不会轻易地被叫到东京去，因此搬来很久我也没在家装电话。因为不方便联络，我写的《总会屋锦城》获得直木奖时，报社都无法跟我取得联系。最后，有一家报社查到了我家附近一家蔬菜店的电话号码，把电话打到那里，让菜店老板来找我，我才知道我获奖了。

接到电话的菜店老板立刻骑着自行车匆匆赶到我家，到了之后把自行车“啪”地扔在一旁，跌跌撞撞地冲到我家门口“砰砰”地砸门，那情形像是在报告十万火急的军情一样。

当时容子正怀着我们的第二个孩子，行动比较缓慢。菜店老板上气不接下气地说：“是一个叫直木的人打来的电话，让我立刻来找先生。”

“直木？”容子不解，“我们家好像没有叫直木的亲戚或朋友。”

这时候我赶了出来：“直木？好像真的没什么印象。”我思考着。

菜店老板喘着粗气接着说：“我也不知道对方是谁，但是那边说了，只要说是直木打来的电话，您就能知道！”

“直木！难道是……”我反应过来，身体已经冲了出去，“老板，自行车借我用一下。”

是的，直木奖，一定是直木奖。我跨上自行车飞奔而去，顾不上在我身后大喊的菜店老板……

之后文艺春秋社的负责人正式通知我获奖也是通过菜店联系到我。得到正式通知的那天晚上，过得很平常，安安静静的，也没有记者或编辑来找我。也不记得有没有和容子喝一杯以表庆祝，只记得当时容子若有所思地说：“当初获得新人奖的时候也是这样的。”

“怎样的？”我问。

“就是我比平时更早地准备了洗澡水，让你先泡澡。”容子答道。

“哈哈，还有这回事啊？”对于容子这样的判断我一笑带过，获奖都和泡澡时间联系到一起了，想不到容子还有点迷信啊！不过我知道容子的出发点是好的，连提早准备了洗澡水这样细微的共同点都能找出来，可见她有多关心、多在乎我。

获奖公布的第二天，另一家报社藤泽支局的记者找到了我家。

“其实我昨晚就在附近了，但是周围都很黑，最终还是没找到。”记者带着发牢骚的口吻说着，“原来您住在这么偏僻的地方啊，路还这么窄。”

看来找到我确实让这位记者费了不少工夫，但是我并不觉得对他有歉意，我喜欢这个不起眼、不好找的地方。

在相对偏僻的茅崎，我能按照自己的步调安静地创作。对于不善于人际交往的我来说，这样可以避开文坛复杂的交际关系。茅崎离东京较远，在这里我只需要相信“坚持就是力量”，写自己的小说就行。不期望获得多大的收获，也不需要吸引大众的眼球，不紧不慢、踏踏实实地往下写。如果这样创作出来的作品还不能被大家认可的话，那就是我个人的能力和努力不够，或者说我是真的没有创作方面的天分。

意大利经济学家帕累托曾经说过一句话：“静静成长的事物一定能茁壮成长，茁壮成长的事物一定能走得很远。”我把这句话当作箴言，时常念叨着，尤其是在创作时候，我常用它来提醒自己、鼓励自己。

获得直木奖的那年，我的第二个孩子出生了，是个女儿，家里变得更加热闹了，我、容子加上儿子和女儿，其乐融融。第二年，租给我们房子的房东急于把房子卖出去，这样我们一家人不得不尽快搬出去。

我喜欢茅崎这个地方，我们一家人也在这里住习惯了，所以我决定就在茅崎建一栋属于自己的房子。能住进自己的房子对我和容子而言多了一份安定感，我们一家四口就这样在茅崎扎了根。

收集素材的人

夜半，忽然感觉旁边有人，我猛然睁开眼睛。侧脸看见容子就躺在我旁边，微笑着看着我："老公，你是在写我吗？呵呵，好开心，但是我还是有一点不好意思啊！"

"是啊，我在写你，但是这次不知道能不能写到最后……"我喃喃地答道，然后容子的笑脸渐渐消失不见。

原来又是一场梦。自开始写作起我就会这样，只要专注于一个题目日思夜想的话，文章里登场的人物就会反复出现在我的梦中。

也许这就是从古至今人们常说的"日有所思，夜有所梦"吧！被作品中人物"托梦"的次数越多，我便越发觉得这部作品一定能够获得圆满成功。因为既然笔下的人物以鲜活的姿态出现在梦里，就说明我已经赋予他生命和灵魂了。

写《拿破仑也为人子》的时候，我梦见过拿破仑飒爽驰骋的英姿；写《火红的落日》时，我梦到过主人公广田弘毅；写《指挥员们的特权》时，我梦见过自己化身主人公中津留达雄大尉和关行男大尉，也梦见过自己变成战争时期一个跟我年龄差不多大的少年兵，好几次驾驶着特攻飞机冒着枪林弹雨呐喊着冲向敌舰。做这种梦时，我常常因为极度紧张而满身大汗，好几次大喊着从梦中惊醒。

如今，我开始写容子，容子也出现在我的梦中与我对话了。不过，与别人不一样的是，她的每次到来都能让我在梦中得到短暂的安慰，可梦醒之后，她的离去，又会一次次令我陷入悲伤。有几次我几乎都想要放弃了，不再想品尝这种反复失去的痛苦，但我却有种预感，要是我不好好写到最后的话，容子一定会化身为妖精来找我算账。作为她相守了几十年的丈夫，我了解容子的性格。

前面也说过我是个急性子，做事总是容易着急。但是，要让我起身出门办点什么事时，我往往又比一般人都要磨蹭许多，我也常痛恨自己没有一鼓作气的魄力。原因在于我这个人比较认生，不太善于与人交流，因此不到万不得已不愿意出门。一旦有什么事情需要我出门，只要是容子能代办的事，我都会先安排容子去。这时，容子就像是我的贴身下属一样，被我派到这儿派到那儿地执行任务。

有一天，我听说家附近开了一家空手道道馆，我简单地了解了一下，觉得还比较感兴趣，于是赶紧打发容子去实地参观参观。不知道容子是怎样进入全是男人而且充满汗味的道场的。那时容子还不到三十五岁，不知道她是不是偷偷摸摸、鼠头鼠脑地溜进去的，也不知道她有没有被汗味熏得捂鼻遮脸。过程没多说，容子回来只是向我汇报："道场里都是年轻人，看起来像是在做体操，老师也很年轻，不过感觉是那种特别沉稳的人。"

听了容子的报告，我这才决定去道场看看。后来发现容子所说的"像是在做体操"就是指开头时做的松肩等准备活动。和比赛不同，这部分准备活动大家都是自由交臂练习。

说到比赛，空手道有规定："踢或打的时候力度都只能停止于打破一张纸的程度。”这也是空手道不以武伤人的原则所在。但是，真正比赛时就不一样了，因为比赛双方都有强烈的求胜欲，几乎没人能把力度控制在仅打破一张纸的程度。尤其是用脚踢的时候，更加不会脚下留情，都是使劲踹。所以我练习空手道的那段时间，练习服上几乎每天都会渗出血渍，浑身上下青一块紫一块的。

我的“贴身下属”容子不仅替我去打探与“武”相关的空手道，还被我派去做与“文”相关的工作。决定创作《拿破仑也为人子》后，我花了很长一段时间来搜集关于拿破仑的书和资料，包括去欧洲旅行了好几次。正好有一天我得知一家报社组织了一个名为“文化学校”的课程，其中有一段关于拿破仑的连续讲坛。题目听起来就很有意思，而且讲课的也是一位值得信赖的大学教授。

虽然我知道在搜集写作素材时，不借助他人的帮助，全部自己搜集对自己今后的创作最有利。但是我看了看讲坛的时间安排，发现和我现有的日程安排发生了冲突，我分身乏术，是无论如何也去不了的。怎么办呢？这么难得的机会我不想错过，但是又不能打乱其他的计划，这下可让我发愁了。这时候，我想起了我家的“贴身下属”。于是，我决定拜托容子去帮我听讲坛。

这是我第一次让容子帮我搜集写作素材，也是最后一次。容子并不爱好学术方面的东西，让她去听讲坛可真是一千个不情愿，不过看我如此可怜巴巴地拜托她，似乎对那个讲坛十分向往的样子，最后容子还是勉强答应了。之后每周一天，容子会为了所谓的“公事”去一趟东京。容子去是去了，可惜对讲坛不感兴趣的她每次都没法专心地从头听到尾，时间都花在和睡魔抗争上了。

每次去听讲坛，即使听不懂或者内容不能完全理解，容子都会非常卖力地记笔记，回来时，颇有成就感地把笔记给我看，算是汇报工作。很多时候，我都会又好气又好笑地在笔记本的边边角角处看到容子写给自己的鼓励话或一些小借口。

“完了完了，迟到了，但是没办法啊，我天天都那么忙，还要来听课。”“天啊，好困啊，旁边的大叔也在打瞌睡，啊！头撞桌子了，好疼……不行不行，我要认真听！”

看见诸如此类的话，我可以轻松地想象到当时的情景：对文学没有丝毫兴趣的容子，像一个小学生一样奋笔疾书，卖力地记笔记，困意来袭的时候还要不停地提醒、鞭策自己。想到这里我就会不自觉地露出温柔的微笑。我的容子就是这样可爱，多少年过去了，这种纯真从未改变。

虽说容子听课的时候会犯困，但教授讲的内容可是一点都没落下。有些地方的字迹写得略微潦草，能看出是她一边听着老师的讲解一边匆匆忙忙记下来的。容子记下的内容和我预想中一样非常有意思，这对我之后的写作起到了很大的参考作用。容子每次交给我的笔记，我都会誊写到我的记事本里，下次上课之前再把笔记本拿给容子，感觉就像是变相的“交换日记”。

受命去听了几次讲坛终于“功德圆满”地回来后的容子抱怨了几句，要我以后再也不要给她派遣这样的苦差事了。

在路上

在日语中，“夫妇”二字很容易联想到常用的一个词——“夫妇吵架”。不知道是幸运还是不幸，我和容子做了几十年的夫妻，从来没有吵过架或生对方的闷气。应该说是十分幸运的。我坚信，能像我和容子这样，做了几十年的夫妻也不吵架的已经寥寥无几了。生活在一起，抬头不见低头见，加上日常生活的柴米油盐之事，夫妻之间难免会有一些小争执或者不愉快。很多人问过我，为什么我和容子可以这么恩爱，后来我总结了一下，我们不吵架有好几个原因。

从我开始专职写作时，我便打算在电车车站附近租一套公寓，把我的写作工作地点从家里搬到那里。一来我可以在那儿专心写作，二来也是为了不让容子为我的工作操心，也方便出版社或编辑来找我。原则就是与工作相关的东西都不带回家，这正合当初建新居时容子的期望。

我每天早上早起，吃过早饭就去公寓写作，和所有的上班族们一样早出晚归。再和容子见面时，已经是晚上吃晚饭的时间了。那时我和容子都已上了年纪，儿女们也都各自成家独立出去了，晚饭通常就只有我和容子两个人一起吃。为了给生活增添情趣，偶尔我会浪漫地制造点情调，下午不回家吃饭，而是约容子出门。我们一起在车站附近的餐厅或者小酒屋吃一顿。兴致好的时候还会喝点葡萄酒或者烧酒。

像这样，我在公寓，容子在家。只有当电话打到家里需要带话，或者有我的快递之类的紧急情况时，容子才会到公寓来找我。平时，容子是不会来打扰我工作的，我们各自做各自的事情，彼此互不打扰。因此，晚上回到家里也就没什么事情会成为我和容子吵架的导火线。总的说来，我们不吵架主要是因为我们给彼此保留了一定的空间，适当的距离让我们能相处得很和谐。回想起来，这么多年，只有一个晚上我回家晚了点，最后还发生了让容子尖叫的事情。

那天我去了东京，因为别的事情顺便去了趟秋叶原，并且在那儿逛了逛。路过一家商店时，偶然听见里面正播放着我熟悉的一首歌《七颗纽扣，樱花之锚》。这是一首海军军歌，它让我怀念起曾经的部队生活。于是，寻着歌声，我很自然地踱进店里。这家店卖的所有商品都和海军有关，制服、勋章、肩章等。每拿起一件都能勾起我无限的回忆。

最后，我还特别怀旧地买了一件旧海军预科训练班的制服。从东京坐电车回到茅崎，一路上我一直捧着它。到了茅崎打出租车回家，在出租车上我就迫不及待地换好了制服，想给容子一个惊喜。

“好的，这就来。”容子答应着，立刻出来给我开门。

门刚打开一个缝，容子瞅了我一眼，突然大叫一声，立刻“嘭”的一声把门关上了。

门口站着一个穿着纯白衣服的怪人，还朝着她敬礼！胆小的容子被吓坏了，赶紧往屋里跑。门开的那一刻，我朝她毕恭毕敬地敬了个礼，本想逗逗容子，但做梦也没想到她的反应会是这样。

当时已是深秋时节，秋风瑟瑟，天气已经很冷，我又是一个怕冷的人，要是容子一晚上都不给我开门怎么办?于是我有点着急地拍着门大喊：“你别怕，是我，是我！”

过了好一会儿，门才又开了，不过铁链还挂着。透过门缝，容子又仔细地上下打量了我一遍，确认是我之后才赶紧开了门：“对不起，对不起，我没认出来。”

“不不，是我不好啦。”我实在有些窘迫难当了。

本来是想给容子一个惊喜，结果却成了一场惊吓。“穿白衣服的奇怪人”就此成为我和容子多年的笑料，偶尔提起，两个人都会觉得甚是怀念。

我和容子就是这样过了几十年，生活很和谐，没有什么吵架的理由，即使想吵架也吵不起来。我一直不能想象这个世界上有的夫妻吵起架来甚至会动手。因为这种事换了我是行不通的，我不能使用“武力”。虽然我的空手道达到了三段水平。后来自己觉得还不满足，想进一步提高，于是又经常去参加比赛，经过多场比赛的锻炼，我真正的实力已经达到了黑段的专业级水平。

像我这样拥有一定打架水平的人，如果在吵架时使用武力的话，就会被判定为“使用凶器”。所以，我和容子就更不可能吵架或者大打出手了。打起来吃亏的肯定是我，这是法律规定的。当然，无论产生多大的矛盾，性格温和的我也不可能对善良的妻子容子大打出手。

我和容子经常一起出去旅游，而且旅游的时候我们也从来都不会吵架。原因很简单，到了旅游观光地，我和容子的活动范围可以说是完全不一样。为了搜集写作素材，我出门都是去故事背景的发源地。每次问容子要不要一起去的时候，她都会特别开心地说：“去啊去啊，想去那就一起去吧。”

无论是国内还是国外，我和容子一起去过的地方很多。但遗憾的是容子对我们去过的国家和地区几乎都没有评价过，也从来不说自己想去哪里。

曾经我好奇地问过容子：“你说你喜欢旅游，但你哪里都想去，而且去哪里都行，像你这样去哪里都行的人，能算得上是喜欢旅游吗？”

“哈哈，旅游多好啊，旅游就不用做家务啦！”容子回答我，咯咯地笑着。

“啊？原来容子说想去旅游就是因为可以不做家务啊！”这个真相让我无言以对。而这句回答也就此成了她个人的“名言”，成为我之后取笑她的“把柄”。

我亲爱的妻子，虽然年过半百，但思考问题还像一个小孩般简单。容子仅仅是为了可以不做家务而去旅行，因此眼里根本没有关心的名胜古迹，去哪儿都一样，随便走走看看，只要感受到轻松适意足矣。一般人旅行原本就是为了放松身心，其实像容子这样的旅游心态，也算是真正懂得旅行的意义了。

容子旅行时最喜欢的就是去观光地的各种小店淘特产。而我通常就是出去逛一两个自己感兴趣的旧址或名胜古迹，然后回到酒店看看当地的报纸杂志，喝点啤酒或红酒。

容子购物，我观光，我们各做各的，各走各的，虽说我们是夫妻一起出来旅游，但一天下来如果能三顿饭都坐在一起吃，那就很不错了。旅游不吵架，还是因为我们保持着一定的距离，没有机会产生矛盾。距离可以产生美，夫妇之间，适当的距离也是必要的。

爱好购物的容子购物范围绝对不局限于市区的商店。有一次，我们在海外坐火车旅行时，她不仅在市内的店里买了东西，之后得知火车会在某一个站停留时间较长，于是抓紧时间跑到月台上去买，真可谓“不浪费一分一秒”。

对于自己的这种购物习惯及行为，容子有一个冠冕堂皇的理由：“过了这个站就到另外一个国家了，我手里还有好多这个国家的零钱，不赶紧用的话就用不上了，多可惜啊！”然后车一停，就拎着她的零钱袋奔向月台的小店。

就是因为容子的这个购物习惯，我有一次还受到了牵连，差点蒙受了不白之冤。那次也是在国际列车上，列车即将从瑞士开进意大利国境的时候，容子念叨着：“嗯，一定要在这一站把剩下的瑞士法郎全花出去。”

一到站，容子就拿上她的小钱包快步下车冲向小商店。

平时容子总会唠叨说自己胖了，不过这个时候的她可一点都不笨拙，看着她的背影，步伐轻盈得像个小姑娘。

容子下车了，我留在车上看行李。这时，正好有国境上的警察上来巡视，看到了我胳膊下夹着的女士提包，误会就发生了：警察以为我是小偷，偷了个女包。我解释说这是我妻子的包，但是任凭我怎么说，警察都不相信我。

之后警察开始盘问我："你说这是你夫人的提包，那你能告诉我里面装了多少钱吗？"

我歪着脑袋，这个问题可让我真为难啊，我怎么知道容子在里面放了多少钱呢？我如实地说道："我不知道。"

听了我的回答，那警察抓起脖子上的警哨吹了起来，然后又来了一个警察。

这下两个人一起盘问我："哪有丈夫不知道自己妻子钱包里有多少钱的啊，你分明就是抵赖！"

我纳闷了，欧美国家不是提倡女士优先吗？难道欧美国家的丈夫要这么细致地管妻子，连钱包里多少钱都要了如指掌？要真是这样的话，那不就是金玉其外，败絮其中了吗？我恼怒了。警察不分青红皂白，拿出手铐就要往我手上铐。我还能澄清什么呢，说了实情，警察都不信。我已无力争辩，今天算是跳进黄河也洗不清了。

正在这时，容子踏着悠闲的步子回来了，手里拿着一袋零食，看起来像是饼干。于是，警察、手铐、我、容子、皮包，一切真相大白……

蛮横的警察甚至没有说一句“知道了”“对不起”之类的表示歉意的话，就大摇大摆地走了。这算什么啊？我一个人火冒三丈、大发雷霆，容子安安静静地一言不发。这件事不能怪容子，但是她心里觉得对不起我，看着我发火，也不敢跟我搭话。车厢里，我来回地踱着，发泄着怒火，容子安静地坐着，低着头一动不动。就这样火车在不知不觉中跨越了国界，将那个车站抛在了脑后。

容子的这种购物习惯不仅让我吃了一次亏，也让她自己吃了一次苦头。事情还是发生在我们一起旅行的时候。那次我们坐着火车路过一个车站时，容子之前就听说这个车站卖的便当特别好吃，因此车还没停稳容子便有些跃跃欲试了。但是不尽如人意的事情发生了。我们所在的车厢停留的位置离便当店稍微远了点。容子下车跑到便当店前时，前面已经排起了长龙。无奈，为了传闻中美味的便当，容子跟着排起了队。我留在火车上，看着时间一分一秒地过去，眼看车都快开了，容子还没回来。我不由得焦急了起来。

终于轮到容子了，她付了钱要了两份，不幸的是这时开车的汽笛响了。我在车上大声喊她："妈妈，你快点！车开了！"

容子也着急了，捧着便当猛跑。因为担心把便当打翻了，容子还小心翼翼地将饭盒举在胸前："爸爸，爸爸，等等我！"容子在站台上边追边喊，但是车已经开了，容子没能上来，就差一点点。

我从窗户探出头："妈妈，你坐下一趟车，我在下一站等你，听到没？"

"爸爸，等等我，等等……"容子的声音被远远地抛下。

那个一脸焦急地捧着饭盒一路猛跑的容子的样子，时常浮现在我的脑海中。我每每回忆起来，仿佛那个身影越来越明了。是啊，旅途中，人生中，这一路上容子都在跑着，跟着我跑，带着我跑，追着我跑，推着我跑。

后来，为买便当耽误火车这件事就成了我偶尔取笑容子的把柄。不过，我要是提起她这件糗事，她也会立刻找出我的把柄来，回敬我一番，那就是关于极光的故事。

阿拉斯加的极光之旅

我和容子曾有幸一起看见过极光，我一直认为那是上天给我们夫妇的恩赐。很多年前，我在书上读到过有关极光的相关介绍，也看到过摄影家们拍下的绚丽照片。从那时开始，我就被极光深深地吸引了。我强烈期待着有一天能亲眼看见神奇的极光，哪怕只有一次也足够了。

据说美国的阿拉斯加州最靠近北极的城市费尔班克斯，一年三百六十五天内有二百五十天都会有极光出现。于是，我带着对极光的向往，制订了旅游计划，打算在费尔班克斯待一周。我想，一周七天之内总有一天能够看到极光吧！就这样，我换乘了好几次飞机，一路辗转终于到了费尔班克斯。

一周过去了，极光的确出现了。证据就是电磁感应器上出现了极光的图像，我亲眼看到了图像。但是遗憾的是，我没能用肉眼看到它。原因是那段时间，费尔班克斯处于白夜状态。费尔班克斯靠近北极，夏天时太阳落到地平线下只能达到一个很小的角度。由于大气的散射作用，整夜天都不会完全黑下来，这就是所谓的“白夜”现象。而我去的时候正好是夏天，在不会完全天黑的夜晚，我怎么可能看见极光呢？到了费尔班克斯，我才呆住了。

当地的人们都觉得我挺可怜，满怀怜悯地对我说：“没关系的，你冬天再来吧，冬天一定能看到的，真的非常漂亮、非常神奇！”但是我天生怕冷，尤其最害怕冰天雪地的严寒，所以才会选择夏天去。冒着冰封的严寒再去一趟，我显然没有那个勇气。这样看来，也许我这一生都和极光无缘了吧，我黯然神伤，决定放弃。

回头一想，我理科不好是事实，但是我事先没有调查清楚，幻想在几乎没有黑夜的白夜季节看到极光，还千里迢迢地到了阿拉斯加，也的确是太没常识了。我大把的时间和金钱都浪费在无知上了。尽管容子理科也不好，但是她要知道我做了这样的蠢事也一定会惊讶地说："啊！你怎么连这个都不知道呢？"说不定还会对我唠叨一通。

我在脑子里设想了各种容子会有的反应。回到了家，我一五一十地将这件事告诉她，等待她的牢骚和抱怨。听完我的陈述后，容子只说了一句：

"啊？是吗，那可真是可惜啦！"语气平淡得出奇。

"啊？为什么不生气呢？"我疑惑了。

容子平淡如水的评价让我顿时泄了气，我设想的一切再次扑了空。后来想想，也许善解人意的容子就是想到我本来已经很沮丧、很丢脸了，而且还怀着怕她生气的忐忑之情，不忍心再责备这样的我才那样一句带过的吧！这一次容子思考的出发点还是为了我。

波折的阿拉斯加之行最终以我没能看见极光，失望而归画上句号。但是上天后来给了我意外的补偿，赐给我一个大大的惊喜。

在我那次阿拉斯加行之后的两三年的一天，我和容子坐晚班的飞机去欧洲。夜深后机舱内的灯光都调得很暗，乘客们开始渐渐入睡。我还不想睡，就开着读书灯看书。读书灯是在两个位子的正中间，如果旁边坐着别的乘客，通常情况下我不会开灯看书，因为怕影响到别人的睡眠。但这回旁边坐着容子，所以我不用顾及太多，可以多看一会儿书了。

“看书是你的工作，没关系，你开灯看吧，我先睡了。”容子说完头侧向另一边，渐渐睡着了，我很快就听见了她均匀的呼吸声。

不知道过了多久，我听到空姐轻手轻脚地在过道巡视着，经过我的旁边时，她弯下腰轻声地对我说：“先生，您看看窗外，是极光。”

我掀开了遮光板，眼前的景色让我呆住了，回过神来的我立刻叫醒了熟睡的容子。

容子哼哼呀呀地转过身子：“怎么了啊，人家好不容易睡着了。”

“嘘，小声点，你看外面。”我把容子拉到窗户边，关上了读书灯。

“哇！好漂亮！”眼前的景色让容子顿时睡意全无。我们夫妻俩脸贴着脸望着窗外。谁都没有再出声，只是那么静静地欣赏着。

这简直就是一场光之舞的盛宴。极光每时每刻都变换着颜色与形状，向整片天空延伸开来。一道道光幕晃动着、闪耀着、幻化着、舞动着。时而远时而近，甚至到了伸手就能碰到的近处。我不得不感叹造物的神奇，那种极致的美妙甚至令人怀疑这是不是世上真实存在的东西。

飞机轻轻地在浩瀚的夜空中划过，窗内是我和容子睁得大大的眼睛，窗外是以整个天际为幕布肆意舞动的极光。此时我的心怦怦直跳，渺小的人类窥视了自然无穷的力量，那种震撼令我说不出话来。

“好美好美……”我们感动着，也感叹着。在极光面前，我们的脑子已经搜索不到合适的词来形容它。

我们目不转睛地看着，这炫目的极光像是老天爷专门为我们夫妻安排的一场华丽表演，我和容子紧握着彼此的手，心中涌起暖意。我们夫妻二人的这次旅行，真的是太完美了。

能看到极光，我把它归功于容子，坚信这是和容子一起旅行带来的好运。几十年来，容子陪着我去世界各地搜集写作素材，好多次都带给了我意外的收获。当然，偶尔也有像之前说的被误当作小偷的糗事。

不管怎样，容子的陪伴令我的旅途增添了许多亮色。容子不直接参与我的工作，也几乎没有看过我写的书，但是可以毫不夸张地说，没有容子这位好妻子，就没有我城山三郎所取得的所有成绩。容子用她默默的陪伴和支持传递给我无限的动力，她就是我一路向前的力量之源。

我们沿着拿破仑大军走过的地方，走了一遍欧洲

写《拿破仑也为人子》的时候，我去欧洲搜集创作素材，几次都带着容子。顺从的容子从来不会主动说自己想不想去，只有我叫她的时候才会跟着，不问她的话她就留守在家。容子的出发点很简单，就是绝不会因为她自己影响到我的工作。我叫她，说明我需要她和我一起参与到我的工作当中；我不叫她，说明我有自己的考虑，她便不会提出跟着我出门。在容子的世界里，一切判断的出发点都是对方而不是自己。

熟悉历史的人都知道，拿破仑当年叱咤风云，他活动的范围之大，足以囊括整个欧洲，甚至超越欧洲边境。毫无疑问，在世界历史上拿破仑绝对是个极具魅力的人物。所以，当我决定要写一本关于他的小说时，仅搜集素材一

项就必须下很大工夫，因为几乎需要寻遍欧洲大陆。

要带容子去的话，手续上会花更多的时间。而且妻子不同于行李，出发以及到达之后的各种整理和安排都需要详细计划。我独自一人出去时就相对容易一些。不过，正如前文所述，带上容子出门的时候，我也得到了很多意想不到的收获，而且我也到了更需要秘书帮忙的年纪。

和容子去苏黎世的时候，我们很巧地和原总理福田赳夫及其夫人同一航班。福田先生去参加OB峰会，我去搜集写作素材。我和福田赳夫先生算是旧识了，于是我们就在一起闲聊起来。福田先生说，他刚刚去大藏省（日本主管财政金融的最高行政中心）任职时，曾经在事务所和大藏大臣兼日本银行总裁井上准之助擦肩而过。而井上先生正是我在作品《男子的夙愿》中描写的主人公。聊起井上先生的时候，福田赳夫先生非常怀念地告诉我，擦肩而过时，井上飒爽的英姿给他留下了极为深刻的印象。

在飞机上，我一直坐在位子上看书，福田赳夫先生悄悄走到我旁边拍拍我，对我说：“给你点好吃的。”

我一惊，连忙合上书，很好奇他会给我什么。结果他在我摊开的手掌上放了一颗森永的奶糖。福田先生满脸笑容地告诉我：“奶糖虽然很小、很轻而且很便宜，但是‘森永’是我们所有日本人都熟悉的老品牌，给远在海外的国人带去森永奶糖的话，大家肯定都会特别高兴。”

听了福田先生的解释之后，我自然地扬起了嘴角。如此细微的想法和心思让我发现眼前这个老头好有趣，真不像是要去参加国际峰会的大政治家。

飞机中途加油，在莫斯科着陆了。我和容子受邀去了VIP等候室和福田夫妇一起休息，大家聊了会儿天。我和福田先生聊起一些旧事和熟人，之后就没多说什么。事后我倒是从容子口里听到了很多关于福田夫妇的轶事。当然，这些都是容子在和福田夫人谈话时得知的，是属于夫人们的谈话。

容子告诉我，福田先生特别喜欢吃荞麦面，即使是去海外出差也要让相关工作人员帮他准备荞麦面。曾经有一次，福田先生在国外待了一周，一周内竟然吃了十三次荞麦面。福田先生还是一个特别爱妻子的男人。夫人告诉容子，出差前福田先生央求夫人："孩子妈妈，你这次就和我一起去吧，一起去好吧？"夫人拗不过他就跟着一起去了。

但是到了目的地就会出现另一种画面，夫人是这样描述的："我们家福田性子特别急，和他一起走在大街上时，他总是一个人走得很快，把我抛在身后，然后到了路口又停下来等我，'你怎么这么慢啊，快点快点'不停地催，还急得直跺脚。所以啊，我是真的不想跟着他出门了。"福田夫人苦笑着，非常坦率地对容子讲了关于福田先生的趣事。

然后这样的故事又通过容子传到了我的耳朵里。这让我对福田先生顿生亲切之感，我想要是没有容子在，我永远都不会了解高高在上的政治家福田赳夫先生还有这样可爱的一面。

前面也说过，我去苏黎世是为了搜集关于拿破仑的写作素材。拿破仑从科西嘉岛逃脱后，沿着意大利山脉狭小的路径一路向北去了法国。我自己也想沿着这条路径走一遍，追随拿破仑的脚步。我租了一辆车，和容子一起，一路打听着往前走。为了搜集更加详细的资料和关于拿破仑的传说，我去了途中的一个政府办事处，然后让出租车司机在办事处外面等着我。而容子就趁这个时间到附近的几家商店转悠，她还是一如既往地钟爱购物。

后来一辆巡逻警车正好路过，看到我们坐的出租车停在路边，说司机是违章停车。我从办事处出来的时候，警察正在盘问刚从商店回到车里的容子。我赶紧上前，想解释一下状况。结果送我出来的办事处工作人员抢先一步去和警察交涉了。

工作人员很维护我们，非常严厉地对警察说："这是从日本远道而来的作家先生，这位是夫人，你们这样对待夫人未免太不礼貌了。"警察一听，态度立刻一百八十度大转变，向我们赔礼道歉。

因为我调查的这条路线比较复杂，出租车司机也不太熟悉路线，于是警察决定为我们引路，警车在前，出租车跟在后面。多亏警察的引导，我们才没有错过那些隐藏在深深的杂草中的容易被人忽略的道路。一路上，我观察着周围的风景，想象着拿破仑当时是如何从这里驰骋过去，留下历史的传奇的。后来，我的这些想象都幻化成文字，字字珠玑地落在了我的书中。

我常常觉得，要不是有容子的陪伴，我的行程绝不会那么顺利。搜集写作素材的过程中，我们遇到过很多次麻烦，全都一一化解了。在欧洲大陆上，人们都很尊重女性，注重女士优先。在陌生的国度里，因为有容子这位外国女来宾，我们受到了很多的优待和宽容。于是我这位已经不再年轻的妻子没有成为我喝茶时的闲趣之友，反而成了我颠簸旅途上的难友。对容子，我总有言不尽的感激。

这世上，我只能对一个人用“喂”称呼

我爱我的妻子，这份爱梦幻而真切、生动而平凡、热烈而平淡，这几十年，我对容子的爱就是这样。

我们从恋人成为夫妻，开始这一生的相依相偎。随着岁月的流逝，我们的爱情加上了亲情与责任，这份感情，已经不单单是彼此之间的爱慕，我们早已把对方当成自己生命的一部分，不可或缺。在为了创作去各地旅游，搜集写作素材的那段日子里，我创作了两首诗，写给我挚爱的妻子容子。

妻

夜深人静

突然从梦中惊醒

听见枕边有什么发出动静
就像轻轻的咳嗽声

蓦然回首
原来是闹钟的秒针
从未厌烦过一秒一步的规律
这规律的节奏
让我害怕

翻一个身
闹钟的声音消失耳畔
继而
传来规律的呼吸声
像透明的波浪缓缓袭来
同样规律
不冷
也不让我悚然

你醒着的时候虽然发生了很多事

睡着了却比闹钟更安静

我想要“喂”的一声把你叫醒

却还是作罢了

五十亿人中

只能对你一个人用“喂”这个字来呼唤

若听不到你熟睡时那规律的呼吸声

我要怎么办

爱

深夜

听到你熟睡时的呼吸

仿佛宇宙诞生以来就一直安稳存在

盖着被子

于彼处沉睡

鲜活

温暖 美丽 忧郁

你的呼吸一旦停止

我的世界便裂开了一个大洞

如此寒冷

愿此后

永远在你的怀中入眠

地球诞生

地球湮灭

现在，我终于可以不用信守这个约定了

消化能力不是很强的我，属于食量比较小的那类人，相比之下容子就比较能吃，而且从来不挑剔。不公平的是，结婚这么多年，食量大的容子从来没有肠胃不舒服过，而我的肠胃却时常出问题。

终于有一天，“意外”发生了。那是我和容子一起在神户旅游的时候。那晚我们吃的是西餐，食物非常好吃，尤其是饭前那盘放有小虾的菜肴，我们吃得津津有味。

一回到宾馆，我和容子肚子都开始疼起来，我弯着腰、皱着眉头揉肚子。旁边的容子也与我一样难受得龇牙咧嘴，嘴里还不停地叫唤。我看着她的样子，禁不住“噗嗤”地笑了。那个一直自诩“肠胃很好，从来不知道肚子疼是什么滋味”的容子，今天终于也落得跟我一样的“下场”，想

到这里，我有点幸灾乐祸起来了。容子捂着肚子抱怨我痛成这样怎么还笑得出来，但那时我的心中的确不合时宜地萌生出一丝快乐的感觉。这样难受的时刻也有容子和我一起度过，我觉得这才是夫妻真正的“共患难”。 事后我们推断一定是小虾有问题。

从结婚到现在，我和容子经历了太多。从刚结婚没房子寄居在父母家，到后来住进自己建的家，从夫妻两个人到儿孙满堂，我们一起到世界各地旅游观光，一起看到了罕见的极光，如今我和容子连肚子疼都一起经历过了。这一刻，我脑海中浮现出几十年来我与容子一起走过的点点滴滴，我们就是这样一起去面对，一起去经历。容子不仅是我相伴终老的妻子，更是陪我经历风雨的战友。这一路，我们彼此依偎、彼此鼓励，一直“坚守在一起”。

熬到第二天，我和容子拖着疲倦的身体回到家，连一点东西也没有吃过。我感觉自己已经头晕目眩、濒临虚脱。一进家门，容子突然诡异地斜眼看了看我，立马飞奔进浴室。真不知道她是哪来的精力。

“啊，怎么瘦了还不到四斤啊，我还以为这次拉肚子能瘦好多呢！”浴室里传来容子的失望的大叫声。

原来，她是去称体重了。我哭笑不得，看来她是完全忘记了前一天肚子难受的痛苦劲了，还抱怨拉肚子没有达到减肥的效果。

容子就是这样，即便一把年纪了，还是那么单纯。不论周围环境如何，她都会迅速忘记疼痛和难过，找寻到新的乐趣。用“童心未泯”这四个字来形容她最贴切不过了。不过跟容子比起来，我也不差，我偶尔也会搞些恶作剧逗逗容子，“老来少”就是我和容子的真实写照，我们俩简直就是两个老小孩。

自从我们的两个孩子结婚独立后，家里只剩下我和容子了。结婚三十年后，我们又回到了只有两个人一起生活的状态。不对，确切地说，这么多年了，我们才真正开始享受我们的“二人世界”。

刚结婚时，我们住在父母家，当时是一大家子住在一起，属于我和容子的只有一个房间。后来我和容子好不容易从大家庭中独立出来，我们的大儿子就出生了。接着是女儿的降生，我们搬家，之后又建了新房子。总之，日子一直在动荡和忙碌中度过。

如今，儿女已经长大成人了，儿子去美国工作了，女儿也嫁到了镰仓。我们对子女的任务已经完成，我们也算是尽到责任了，此时我们的心里有一种完成一项大工程的解脱感。但与此同时，想到今后子女再也不会依靠我们了，生活就仿佛少了意义与奔头，心中难免涌起丝丝惆怅。孩子们都出去了，家里突然变得好安静，我心中陡生一种不安，像是身体失去了重心。容子和我一样，生活的突然改变让我们瞬间感到空虚了。

我和容子常去的那家法国料理店的老板常和我聊天，他们家的小女儿也嫁出去了，就剩夫妻两个人一起经营料理店。老板说女儿嫁了，家里空了，心里也突然跟着空了。到了我们这个年纪，大多数夫妇都不得不面对这个问题。夫妇二人往后的日子该怎么过，我们都需要停下来，思考一下。

一天，我约了容子去这家料理店吃晚饭。我还是一如既往地先到了。老板娘出门买东西去了，兼任厨师的老板从厨房出来和我聊了起来。我们聊到了子女的事情，老板感叹女儿刚嫁出去的那天，夫妇俩还不能适应突然只剩下两个人的生活，早上起来还为女儿的事吵了一架。

“令郎非常能干啊，所以您不用操心了。”老板说。

我的大儿子在纽约上班，从事金融证券方面的工作，儿媳妇也是在美国留学之后在纽约找了份工作。

“没有，没有，说不上能干，”我谦虚地应和着，“不过就因为他们在国外，我和容子想看看孙子还得飞去美国，很不方便啊！”

“不过您女儿就住在不远的镰仓是吧，这样还好，有个照应。”老板接着说。

“是啊，你们夫妇也会渐渐习惯两个人的生活的，这也算是人生的一个必要阶段啊！”

“是啊，但是，总有一天……”老板说到这里，停了下来。

“总有一天怎样？”我问。

“总有一天会面对永远的分别啊！不过，这是天下的夫妻都要去面对的，无一例外。”老板感叹。

“是啊！”我叹了口气，点点头。

“不管怎样，还是希望自己走在妻子前面啊！”

“嗯，真是这样。”我思考着，“要是留下我自己，我都不知道该如何过下去。”

“呵呵，是啊！女性的寿命比男性长，原来是要让她们好好陪我们走到最后啊！”老板风趣的总结让我笑了起来，但笑容中却带着无奈。

永远的分别，是啊，那一天总会到来。我不愿去想，也不敢去想，只希望它来得晚些，再晚些……

樱花开放的季节到了，我和容子打算出门踏青。我们的目的地是多摩动物园。我喜欢动物，想在明媚的春光中，感受暖暖的微风，看着可爱的动物，顺便喝点小酒，享受自然。

容子做好了便当，精心地包起来，我则在包里装上一小瓶洋酒。我们坐上了火车，向着目的地出发了。列车上我和容子并排坐着，悠闲地喝着洋酒，望着车窗外的景色。烂漫的樱花一团团、一簇簇，在眼前一闪而过。

阳光洒进车窗，容子和我都没说话，只是静静地享受此刻阳光的沐浴。在这样一份恬静中，我突然觉得心境开阔了。世界还是一如既往的美丽，不论我们是用怎样的心态去看它，美丽总是客观存在的。想到这里，之前的不安在这一瞬间消失了，取而代之的是安宁与平静。

是啊，我们的人生进入了一个新的阶段，接下来的路就只有我与容子两个人去走，无所谓好与不好，因为我们没有选择，我们唯有互相搀扶着走向衰亡，这是人生的必经之路，有它的独特价值。只要我们彼此鼓励、彼此搀扶，我们就可以这么安静平和地走下去，而世界还是会一如既往地美下去。

子女独立后，我和容子的生活过得规律而幸福。每天早上我穿上容子前一天为我准备好的衣服，带上容子为我装好的便当，早早出门。每次容子会送我到家门口，微笑着朝我挥挥手，目送我一段距离。然后我去工作间写作，她在家忙各种家务事，中午我就吃容子做的便当，晚上一起吃晚餐。偶尔，我会准备一些小玩意儿逗逗容子。

有一天，我买了一只塑料的青蛙玩具，做得很逼真，为了捉弄容子，我悄悄地“预谋”了一下。那天早上，我从老房子拿了几本书后，准备出门去工作间。

“喂，我要出门了，你快点啊！”我催促着容子把外套和便当送出来，然后乘机把青蛙玩具摆在门口。

“好，马上就好。”容子应着。麻利地装好便当，拿起我的外套，快步走了过来。一脚下去，“啊”，容子一声尖叫。

当天正好在家的女儿纪子听见母亲尖叫，以为出了什么事，慌忙地跑了出来：“怎么了妈妈？”

“门口那儿，有什么东西软软的，我刚刚踩到了。”容子不敢看，背朝着门口，用手指了指。

“啊，是青蛙！”女儿上前一看。

“啊！”容子又是一声尖叫，她最害怕软软黏黏的动物了。

“不过，这只是个玩具，你看，塑料做的。”女儿把玩具青蛙拎了起来晃了晃。

容子这才凑过去仔细看。“啊……一定是你爸爸的恶作剧，一把年纪了还像个孩子一样顽皮！”容子生气地说。

“你们啊，彼此彼此。”女儿忍不住笑了。

而此时等在门口的我已经乐得不行了。

容子一边帮我套外套一边说：“你个老顽童总是搞恶作剧，你给我记清楚了啊，看我哪天不以牙还牙，也捉弄你一次！”

“哈哈，你也太容易被吓到了。”我继续乐着，“好吧好吧，我出门了，晚上我们在外面吃吧，我等你。”

“好啊！非常赞成！”容子开心地举起手与我道别。

我和容子的生活就这样简单幸福。我们一起经历了几十年的风风雨雨，从不吵架，对生活也没有抱怨，到老年仍然相扶相惜着。当我已经渐渐适应只有我们夫妻俩的日子时，和容子的永别却已经悄然来袭。

不久之后，肝癌夺走了她的生命，容子，永远地离开了我……

容子去世的第二年，我完成了一部作品——《指挥官们的特权》。写完时，我长长地舒了一口气，也许这本书就是我最后的作品了，我打算从此封笔了。就在写这本书的中途，容子去世了，也因为容子的离开，我思考了很多，最后改变了书的主题，最终以全新的视角完成了创作。

最初，我打算以水上飞机特攻队为创作背景，而且已经开始着手搜集材料。水上飞机作战时，通常都载着浮舟，速度还很慢。战争时期，特攻队员都是驾驶着水上飞机，冒着枪林弹雨瞄准敌舰冲上去。结局可以想象，几乎都是与敌舰同归于尽。“壮士一去不复返”，这种明知结局的悲壮、惨烈，甚至让我觉得很滑稽。创作之初，我打算以几个出身于预科练习营和军校的年轻特攻员为主人公，把他们的生活经历作为故事的主要框架，推进情节发展。

要想把故事写得真实深刻，把人物描绘得栩栩如生，我首先要做的就是找机会坐一次水上飞机，亲身感受一下从飞机上俯视大海的感觉，并试着去想象战争年代的特攻队员们驾驶飞机冲向敌舰时是怎样的心理与感受。但容子对于我要坐水上飞机这件事非常担心，强硬要求我答应她只能尝试一次。

容子恳切地对我说道：“我知道你是为了寻找创作灵感与素材，但是这种小型飞机很不安全，所以你只能坐这一回，下不为例。”

为了让容子安心，我答应了她的要求，同时也给我的人生留下了一个小小的遗憾。

我这辈子只有两个遗憾。一个是没有在国外生活过，另一个就是没有考取水上飞机的操作证。曾经，我非常认真地考虑过要去加拿大定居。后来，听了加拿大大使给我讲述加拿大的冬天有多寒冷之后，天生怕冷的我不得不打消了移居加拿大的想法。

后来也接到过来自澳大利亚一所大学的邀请，问我是否愿意去那边任教两年。我的一位在澳洲居住过多年的好朋友劝诫我：“在澳大利亚那个悠闲的地方，像你这样以写经济战争为主的作家想要立足很难啊！”于是，我想来想去，最后也放弃了去澳大利亚的大学任职的机会。因此留下了一生没有在国外生活过的遗憾。

想取得飞机操作证的想法，容子是极端反对的。上中学时，我加入过航模队，操作过滑翔机。从小就对飞机有浓厚兴趣的我，一直梦想着有一天能亲自驾驶着小型飞机翱翔在蓝天。但我的这个梦想一直没能通过容子这一关。

容子的哥哥在中日新闻报社的航空部工作，天天乘坐着小飞机去各地采访。因为小飞机安全系数不是很高，所以容子常常担心哥哥的安全。容子说，要是我再蓄谋着去驾驶小飞机的话，她就该担心得活不下去了。在这件事情上，容子表现出了前所未有的强硬态度，因此我也只好放弃了驾着飞机翱翔于蓝天的想法。之后好几年过去了，我也没再提过。

容子在世的时候，我只乘坐过一次水上飞机，就是为了搜集《指挥官们的特权》的写作素材，得到她允许的那一次。那一次，我和容子去了趟加拿大温哥华。在温哥华我第一次乘坐了水上飞机，从上面俯瞰了浩瀚的大海。湛蓝的海水一望无际，海面上闪烁着耀眼的阳光。

那是我一生都无法忘记的壮丽。在轰鸣的螺旋桨声中，我的心也跟着飞了起来。飞机时而俯冲时而上扬，那种自由遨游在蓝天中的美妙感觉激荡着我的心。我终于明白了为什么有人明知危险却依然迷恋着天空。这真是一份让人不惜舍弃生命的壮丽。

下了飞机，一直看着蓝天担心的容子也安下心来，我和她约定好的，这种小型飞机只坐一次，下不为例。

让我想不到的是，短短的几个月之后，容子却永远地离开了我。约定，是两个人的事情。倘若与你有约的那个人不在世上了，那么这个约定也就自动无效了。容子走后，我坐水上飞机她再也没办法担心了，我们的约定，也就此结束了。所以，在容子离开一段时间后，我决定再去试试，再坐一次水上飞机。于是我去了一趟夏威夷，又一次坐上了水上飞机。这一次，飞行员偷偷地让我碰了操作杆，我尝试着操纵着飞机上升、下俯、转弯……这样，我驾驶飞机的梦想终于在我七十多岁的时候得以实现。

从夏威夷回来，我开始重新审视书中的人物。容子的死让我放慢了节奏，静下来思考了很多。逝去的人只要一闭眼就能潇洒地离开，叫留下来的人怎么去忍受这种突失的悲痛呢？不应该离开的人，往往会突然离开。越是这种情况留给家人的伤痛就越大，而且这种伤痛一生都不会消退，就像留下了一道抹不去的伤痕。

在我深切地体会了这种痛苦之后，我想，也许我可以从这个角度出发，描写彼此深爱并且拥有共同的美好回忆的夫妻以及父母与孩子之间的感情。对于特攻队员的妻子而言，失去丈夫之后的岁月会是何等难过？这会给她们的余生带来多大的阴影？对于特攻队员的父母而言，自己的孩子比自己走得早，白发人送黑发人的痛苦与丧失感该如何承受？

是的，特攻队员们也爱他们的父母与妻子，他们曾经被幸福包围着。但是，在战争面前，这种幸福就像是花瓣一样弱不禁风。微小的生命，哪里经得住战火的洗礼？我思考着，最后把这些想法都写进了书里。写到后来，我给书名加了副标题“幸福就像花瓣”。

当他们毅然决然地登上飞机，钻进狭小驾驶舱里，牺牲在熊熊战火中，留下的家人就不得不在那漫长空虚的日子里，悲伤地熬过失去亲人的日日夜夜。哀伤的力量渗透生命，残缺的人生如瞬间凋零的樱花。这才是最大的痛苦与不幸啊！

至于故事的主人公，我塑造了两个形象，一个叫关行男，一个叫中津留达熊。一个是第一批特攻队员，一个是在战争结束后还留在特攻队的最后的特攻队员。两个人都是离开了新婚的妻子奔赴战场，在军校时还是同期。但两个人的成长环境与性格，以及在历史上扮演的角色都存在强烈的对比。最后的结局，关行男和中津留达熊都在战争中丧生，留下他们的亲人悲痛地度过余生。

《指挥官们的特权》写到最后和我最初的设想出入很大，我加入了很多感情因素，将亲情和爱情融汇在那残酷冷漠的战争年代，融汇在熊熊燃烧的战火与烈烈硝烟中。这本书，容子给了我太大的影响。不，其实这一生容子都一直在影响着我，活着的时候在我身边，逝去之后，存活在我的心中。她在我的脑海中，不曾离开过。

迟到

容子性格开朗，心地善良而单纯，一辈子都对别人很宽容，凡事怕给别人添麻烦，什么都为别人多考虑。作为妻子和母亲，这几十年来容子尽心尽责，是一个无可挑剔的好妻子、好母亲。非要吹毛求疵地说她有什么缺点的话，那就是她偶尔会迟到。如果跟她约好某个时间在餐厅见面，通常她都会因为各种事情晚到个五分钟或十分钟的。

从我们居住的茅崎往西一站是一个叫平塚的地方。平塚有一家味道很不错的法国料理店，我和容子经常去，我们和那里的老板、老板娘都很熟。单在这家店，容子就迟到过好多次。

每次一迟到，她的第一句话不是问候，而是赶紧解释自己迟到的原因：“眼看着什么什么……”几乎成了容子迟到的固定台词。“眼看着电车门关上了，我没赶上，就差一点点，所以我只能等下一班。”“我等了好久的出租车，终于来了一辆，但是我动作不够快，眼看着出租车被别人抢先一步。”……

有一次，容子意外地比我早。我踩着时间点进店，发现容子已经坐在那儿等我了，真是很少见。

见我进来，容子脸上挂着坏笑：“哈哈，今天轮到你迟到了吧。”之后，她转头对老板娘说：“我二十分钟前就到了，一直等着呢。是吧，夫人？”

老板娘一听，深深地点了点头表示肯定，但笑容中透着一丝诡异。

我苦笑着：“是，今天你是没迟到，以前呢？就算你提前二十分钟到了，也弥补不了你之前那么多次的迟到。”

被我这么一反驳，容子乖乖地不作声了，举起酒杯：“来，干一杯吧。”借此迅速地转换了话题。

就在容子去洗手间的时候，老板娘趁机告诉了我真相：“其实啊，夫人就是两三分钟前才到的，但你一定要保密，我答应了她，你看她开心得不得了。”说完老板娘还“嘘”地做一个手势，嘱咐我要装作不知道。

我又好气又好笑，容子啊容子，真是江山易改，本性难移，还想联合老板娘骗我。虽然年过半百，她做事风格还是一点都没变，容子还是像个小孩一样调皮，不过转念一想，我不能批判她，因为我也跟她一样。

后来，容子也意识到自己总是迟到不好，而且解释原因时还总被我嘲笑数落，所以容子每次都提前出门，迟到的次数越来越少，最后几乎不迟到了。

有一天，我们约好在茅崎市市内的一家荞麦面馆吃午饭。那一天，她前所未有地迟到了半小时。荞麦面馆的客人流动得很快。我一个人坐在那里，看着周围的客人换了一拨又一拨，容子却迟迟不到，我急得如坐针毡，肚子也饿得咕咕直叫，忍不住开始抱怨爱迟到的容子了。

容子来了，进门就不停地说“对不起，对不起”。这一次我真的有点生气。转头，才发现容子脸色很苍白，我从未见过她脸色这么差。

匆匆坐下的容子告诉我："来的路上我追尾了。"

"追尾，你的车被撞了？"我吃惊地问。

"不是，是我撞伤了别人。唉，但是，我确定我真的是踩了刹车的，我也很疑惑怎么还会撞上。"

"啊！你没受伤吧？"我紧张地问。

看得出来当时容子一定特别着急，回忆起来都还一脸的惊慌。

"我没事，后来警察来了，看了现场，耽误了很长一段时间，所以我才迟到了。但是，我真的是踩了刹车的……"容子继续说着，声音有点颤抖，表情非常不安。

容子喜欢开车，因此周围的路她都很熟悉，去哪儿都是自己开车去。而我曾经因为开车造成过交通大事故，从此我再也不开车。容子这么多年开车都很顺利，从来没出过事故，连小事故都没有。这次追尾是她第一次出事故，对自己的驾驶技术有充分信心的容子怎么也想不通，就撞上了。

她不停地道歉，还是无法理解事故原因，边说边用脚做踩刹车的动作，嘴里念叨着："我明明记得我踩了刹车的啊。"

幸运的是没有伤到任何人，对方也很善良，说只要容子承担车的修理费，其他责任就不追究了。

"这不就好了吗，人安全是最重要的。"我安慰容子，"你又不是年轻人，上点年纪出现这样的情况也不是不可能，有可能是你自己觉得自己踩着，但不经意间就松脚了。别想了，先点菜吧！"

容子还是无法释怀："虽说上年纪了，但是我真的记得我踩刹车了啊……"

我觉得容子过分在乎这件事了，有点看不下去她一直嘀咕的样子，于是提高了嗓门儿说："好啦，先点荞麦面吧！周围的客人都换了好几拨了，我肚子也很饿了。"我催促着，容子虽然还是不服气，但也只好一脸无奈地翻开了菜单。

后来我才知道，容子追尾是有原因的。那时候，容子的肝癌已经到了晚期，癌细胞已经在她的血液中扩散了，开始进行“恶作剧”，阻碍大脑的各项机能，影响了反应能力。因此，容子才会说明明记得踩了刹车，但是车却没停住，最后还是撞上了。

要是当时我仔细听了容子说的话，要是当时我能好好地观察她一下，或许我就能提前知道容子的病情，容子也就不会那么快地离我而去了。那时，我怎么就那么愚钝呢？之后的很长一段时间里，我都在为自己的粗心而自责。

一个家族的疾病史

容子死于肝癌，导致肝癌症的具体原因不是很清楚，但是容子的父亲当年也是因为肝癌离开人世的。不知道会不会是遗传因素在作怪。说起容子的父亲，这里不得不提到我父亲和容子父亲的故事。

我父亲和容子父亲都喜欢喝酒，也算是有共同爱好的人，但是两个人的关系到底好不好，我们当晚辈的谁都说不准。两位父亲平时交流不多，不过没有什么直接矛盾让两个人合不来。

多年前两个人一起出去喝过一次酒，那是第一次也是仅有的一次。他们一喝就是整整一个晚上，回来两个人都说喝得痛快、喝得高兴，但具体聊了些什么，双方都没有细说。之后，作为彼此亲家的那么多年里，他们再也没有一起喝过酒。

难道是因为两个人越喝越起劲，喝醉后说了不该说的话？难道是哪一方借着酒劲说了一些伤人的话，导致两个人开始关系恶化？对于各种缘由，我们猜测过很多。但两位父亲就是对那次喝酒的经历始终保持缄默，最终成了一个未解之谜。

那个年代，酗酒过度通常会导致两种结果——癌症和脑中风。我的父亲死于后者——脑中风，发病很急。父亲非常喜欢喝酒，早上起来喝咖啡都会加威士忌。与其说是往咖啡里加威士忌，不如说是往威士忌里加咖啡，只能看见上面浮着一层咖啡，下面都是威士忌。中午和晚上父亲都会正儿八经地喝几杯，而且喝的都是高度的日本酒。家里人和医生都劝过他很多次，让他戒酒，连来家的客人也开始劝他少喝点，但是嗜酒如命的父亲似乎听不进去。一见大家都劝他戒酒，父亲担心以后喝酒会受到限制，于是开始偷偷摸摸地囤酒。他总是趁家人不注意的时候溜出去，买好几瓶酒拿回家藏起来。

有一次，父亲从卖酒的商店回来，双手拎着酒，正巧被隔壁邻居撞见了。还没等邻居问他，心虚的父亲随便找了一个借口为自己辩护："两手拎着酒瓶，走起路来更容易掌握平衡。"

父亲就是用这样拙劣的借口敷衍过去，回家把酒藏起来慢慢喝。家里能囤酒又不容易被人发现的地方只有父亲专用的脚炉。脚炉不宽，但里面时常藏有十瓶以上的伏见酒，而且是一升装的。

因为长期酗酒，一向看起来很健康的父亲在一天早上突然发病过世了。后来，侄子告诉我，父亲过世的前两天还去买了几瓶酒回来，估计是那两天喝得太多了，才会导致突发脑中风。父亲走得很突然，带给家人猝不及防的悲伤，不过庆幸的是他本人没有遭受太多的罪。

容子的父亲同样也爱喝酒，不过与我父亲不同的是，他是因为肝癌过世的。容子的父亲原本身材高大，长得也很魁梧，但在肝癌的折磨下，他最后居然瘦到只剩皮包骨，躺在床上像一个小孩。

春天的时候，容子的哥哥背着他去犬山城看了一次樱花。这是他最后一次赏花，伏在儿子背上的他，已经直不起身子，只能吃力地侧着身子，努力地抬头望着烂漫的樱花。不久之后，容子的父亲便离开了人世，走在樱花凋谢之后。生命也如这樱花一般，绚丽灿烂过，然后在风雨中片片凋零。

癌症发现得越早越好。如果在早期发现的话，还有治愈的希望。我和容子到了一定的年龄也开始注意身体的健康，经常会去医院检查身体。

有一年，我们听说一位曾经在东京一家著名医院就职的内科医生在茅崎站前的一栋楼里开了一个诊所。诊所离我家很近，据说医生也不错。容子平时血压比较高，所以每个月都去这个诊所检查两次。

这位医生医术很高，在之前所在的医院挺有名气，也受到大家的尊敬，被认为是一个值得信任的医生，被冠上了“名医”的称号，是顺理成章的事。但是这位所谓的名医心气高，很多时候看不起病人。

有一次，容子在诊所接受诊断后，像往常一样拿着处方单去药店取药，处方单上有几个地方像是写漏了，之前一直用的药这次没写。药店的人拿不准，就让容子拿着处方单再去向医生确认一下，于是容子又折回了诊所。

容子向医生一打听，医生立刻大声地喊起来："你这是对待医生的态度吗？"

医生过激的反应吓得容子低下头不敢再多说话。我不知道容子当时是怎样的态度，但是我的妻子我了解，温柔的容子怎么可能态度恶劣呢？

之后有一次容子又去这家诊所检查，医生看着检查图十分随意地说了一句："你的肝脏就跟鹅肝一样。"之后"哈哈哈"地一笑而过，也没有对肝脏的具体状态进行任何说明。容子想问，但一想到上次因为处方单的问题医生都大怒了，于是心里发怵，最终什么都没打听。

后来我才知道容子与医生的这段不愉快交流。想想医生的话，所谓的"肝脏像鹅肝"不就是说明当时容子的肝脏已经出现肝硬化现象了吗？为什么那位高傲的医生没有对容子详细说明病情呢？为什么这个医生能放任病人已经硬化的肝脏不管呢？每每想到这里我都会怒火中烧。如果我们在那个阶段得知了病情，好好检查，容子自己也认真地接受治疗的话，就不至于错过了最好的治疗期，也不会连一点治愈的希望都没有。

虽然容子已经离开了多年，但我至今仍无法原谅那位不负责任的医生。之前我一直以为容子每个月都在接受定期检查，并且健康没什么问题，就让她固定在那家医院检查了。我从来没想过容子会患这么重的病，还遇到了一个如此没有医德的医生。

1999年8月，容子跟着我去温哥华搜集《指挥官们的特权》的写作素材。那时，我才发现容子比以前虚弱了许多，曾走路能赛过初高中生的容子，没走多远就感觉很累，需要坐到长椅上歇一会儿，热衷于购物的她也提不起兴致去购物了。回国后，容子也特别容易疲劳，稍微多做一会儿家务就腰酸背痛、浑身无力，不得不躺在沙发上休息。

好几次容子还半开玩笑地向我道歉："不好意思啊，现在我成了没用的老太太了。"

"可能真是上年纪了吧，体力不够了，因为这么多年你过于精神啦！"

"嗯嗯，也可能是夏天到了，比较容易乏力。"

我和容子两个人说着这样那样的理由，谁能料想到一切症状都是癌症在作怪。

一天女儿回来看望我们，跟我谈起母亲："爸爸，你觉得妈妈最近是不是哪里有什么不对劲？以前，妈妈走路都特别快，还总说连女中学生都赶不上自己走路的速度，但是现在她走路，感觉她的脚步特别沉，姿势也很奇怪。"

"是啊，在家做家务也是，她最近特别容易累，还常常躺在沙发上休息。"

"前两天我和妈妈去逛街，远远看着她拖着疲惫的脚步走到路边扶着椅子休息，难道是现在上了年纪体力跟不上了？但不管怎样还是再好好地检查一下吧！"女儿建议道。

我回忆起容子最近的状态，突然意识到目前为止在诊所的检查会不会都不可信，看来如女儿所说精密检查是很有必要的。

于是，我们放弃了那个所谓的名医诊所，去我旧识的一位医生那里就诊。接受完检查，一向亲切温和的医生脸色突然转变，变得非常灰暗，他十分严肃地建议我：“赶快带你的夫人去设备完善的德州会医院做一次精密的检查吧，一刻也不能耽误了。”

果然，事态比我们想象中严重，我倒抽一口冷气，担忧前方会有什么事情在等着我们。

容子去检查的那一天，我还是像往常一样，早晨出门去了车站附近的工作室。工作室离德州会医院不远，出门前我和容子商量好，我就在工作室等她回来。这次的检查几乎花了整整一天时间，容子接受了各种精密仪器的检查。在工作室等候的我，时而坐，时而站，时而走到窗前，看着日头一点点西斜。黄昏的阳光将房间染上金黄的颜色，我苦苦等待，而容子却迟迟未归。

直等到太阳落山，我的心慢慢沉了下去，心中有了一定的猜测和分寸，十有七八是癌症吧！花了这么长时间检查，加上那位医生阴沉的脸色，我可以推断容子的病情不容乐观。但是，如果真的是这样，当我亲耳听到从容子口中说出“癌症”这两个字的时候，我该怎么回应她？该说些什么？思来想去，我得不到答案，不知道该怎么安慰她。也许到那个时刻，我最多只能劝慰她：“如今医学都很发达了，不要担心，一切都会好起来的。”但是，这样的劝慰又有什么用呢？如果看到容子悲痛地站在我面前，我想我连这样慰藉的话都说不出来。那么，我该怎么办呢……

坐在书桌前，面前摊着稿纸和笔。我拿起笔又放下了，因为我根本定不下心来，一种不祥的预感吞噬了我所有思维。我时常在作品中对人物的心理状态进行详细描写，细致入微，入木三分。但是那一天，我脑子里除了无边无际的紧张，什么都没有。我沉浸在困惑和苦恼中，思考了很久也没有得出相应的答案，紧张和迷茫席卷而来，将我彻底吞噬。

就在这时，我听到了电梯到达的声音，接着，是容子的脚步声。高跟鞋走在空荡的走廊上，“当、当、当”，沉沉的、缓缓的，哀鸣一般。我转身朝着房门的方向，等待着容子的出现。

脚步声一点点近了，我越来越紧张，不由得攥紧了拳头。就在此时，我听到了容子的歌声。她居然在唱歌！我这边是如此担心，她还那样轻松自如地边走边哼着歌，这算什么？我吃惊，也生气。

那歌声绝对称得上是高亢，那么清晰地穿透空气钻进我的耳朵里。她是想用歌声证明我那持续了快一天的紧张是扑空了吗？这是一首我们俩都很熟悉的流行歌曲，旋律一样，只不过容子加上了自己的歌词哼着：“癌、癌、癌，是癌又怎样，有什么了不起……”

“癌症，果然……”我的心颤抖了。

容子的歌声已经告诉了我一切，我也什么都不用问了。但是，我坚信听着容子如此爽朗的歌声，癌症都会吃惊得“哑口无言”吧！

喂，你是像从前那样睡着了吗

检查结果出来后，儿子也匆匆从美国赶回来了。我们一家人坐在医生面前，商讨容子的病该如何治疗。之前和容子沟通过，她不愿意动手术，也不要使用抗癌剂，只愿意使用一些相对有效的抗生类药物和营养补充剂。容子不想影响日常生活，也想不住院，只是决定定期到医院检查，接受注射，等等。

我们全家以及医生都尊重容子本人的意见。之后容子过得和以前没什么两样，照常做家务，负责我的饮食起居，只是休息的时候多了一些，然后会定期去医院检查治疗。

时间在不知不觉中溜走，十月、十一月一晃而过。这两个月，看似忙碌却很空洞，这段时间我感觉时间都静止了。我和容子从来没有特意提到过她的病情。我甚至产生了一种错觉，觉得容子不会离开，会这样一直走下去。忘了她的病情，更忘了死神就等在前方。

后来，我从女儿纪子那儿得知，容子只剩下大概三个月的生命了。这件事情纪子一直瞒着我们，只告诉了专程从纽约赶回来看母亲的哥哥。他们对我们只是说："虽然是癌症，但还是能治好的。"我没有多想，轻易地相信了。因为，这是我更愿意相信的结果。

一天，天气晴朗，我约上容子一起去海边散步。这是容子确诊病情后我们第一次去海边。海风拂面而来，我走在前面，容子跟在后面。踏着细软的沙子，我边走边思考，背后传来容子的感叹声："啊，好漂亮啊！"

我回头一看，见容子在沙滩上发现了一片被海水磨得圆润的玻璃，她将玻璃捧在手里，轻轻地擦了擦，然后高高举起玻璃，透过它仰望湛蓝的天空。

"晕上玻璃色的云朵好美啊！"容子笑得特别灿烂，阳光洒下来，照在她孩子般纯洁的笑脸上。她咯咯地笑着，是那样美丽与纯粹。

我叫她："喂。"示意她快点跟上我。

"嗯！"容子点点头，快步上前，挽起我的胳膊，靠着我的肩膀，依偎着我继续向前。

延绵的沙滩上只留下我们并行的足迹，那一刻我多么希望我们可以一直这么走下去，没有分别，没有终点。

十二月中旬，接近岁末，容子突然意识到因为疾病，她的时间都花在休息和治疗上了，还没来得及准备过年的年货。作为一个称职的家庭主妇，容子开始担心了，决意要出去购物。她约上住在镰仓的女儿，要女儿和她一起去百货商场购置年货。原本有安排的女儿接到母亲的电话就匆匆赶了过来。正好快到圣诞节了，女儿还专程拿来了一棵装饰圣诞树。这棵圣诞树，在女儿纪子出嫁前的每个圣诞节，容子都会精心地装扮。后来纪子出嫁了，有了自己的家庭和女儿，她就把这棵树拿到她家，装扮给她女儿裕子看。

纪子蹲在客厅，从小盒子里拿出一个个小饰物挂到圣诞树上。我从一旁路过，一眼就看见了这棵小小的圣诞树。

“今年打算装扮给妈妈看。”纪子说着。我也蹲下来和她一起往树上挂饰品。

这时候容子在楼上叫女儿：“纪子，你上来一下。”

“怎么啦？”

“你上来一下嘛！”

纪子起身上楼，留我一个人。圣诞小人、小挂灯，我一个接着一个地往上挂，装扮完毕，接上电源，小灯闪烁起来。

纪子上楼一进房间，看到满屋都是衣服，墙上挂的满是衣服，地板上也是，还装了好几口袋。

“纪子，你看看，这些都是妈妈以前喜欢的衣服，这条裙子，你穿吧，稍微改改长短就行了。”容子招呼着她，拿起一件件衣服要纪子试。

“妈妈，你这是干什么呢，今天不是要出门吗？”女儿问。

容子继续喃喃道：“还有啊，这几包是打算送给朋友们的。”

“这么多都送吗？”

“嗯，是啊，不知道为什么，突然很想整理一下。”

听到这一句话，女儿哑住了，像个泄气的皮球瘫坐在地上。这两个月她和我一样，忘记了容子的身体状况，错觉让我们都以为容子会这样一直走下去。但是如今容子整理起衣服，她才感觉到，母亲已经开始为自己离开的那一天做准备了。

女儿纪子考虑到母亲的病情，很不愿意让母亲出门购物，临出门前还劝了一会儿：“妈妈，你今年身体不好，就不要这么操劳地准备了，家里就简简单单地过新年吧！”

“是啊，别去了，就在家好好休息。”同样担心的我也帮着女儿说话。

但是容子坚决不同意：“你这孩子，说好回来陪我的，好吧，你要是不去的话，我自己去。”

拗不过容子，女儿最终决定陪着她去商场。目的地就是容子最爱去的东京日本桥商场。容子打扮得漂漂亮亮的，拎上提包，然后举起右手笑着朝我敬了个礼：“我去去就回！”

我了解容子，她决定的事情，是无法改变的，就算九头牛也拉不回来，于是我也不多说了。母女两个人一边收拾出门，一边商量着中午吃什么，纪子说她发现了一家新店询问母亲要不要去吃吃看。

“好啊，好啊！”容子激动地赞同道。

我不放心，又追着嘱咐了一声：“纪子，有什么事情一定要随时打电话给我。”

那一天刚好是周末，我不去工作室，打算在家等着她们回来。容子走的时候已经帮我准备好了午饭，让我中午热了吃。我连声应着，却心不在焉，拿起报纸想看看新闻，但心里还是不安，眼睛虽然看着字，却没有进入到脑海中。

午饭时间到了，我却无心吃饭，继续心不在焉地看书。到了下午，我放下手中的书，静静地看着墙上的钟，指针一圈又一圈划过，将天色一点点地调暗。早上装扮的圣诞树一闪一闪的，更加耀眼。

夜色降临后，终于，我听到了停车的声音。于是立刻冲到窗前观望，果然是母女俩回来了。

“我们回来啦。”门口传来容子的声音，接着就噼里啪啦地拎了一堆东西进来。我问女儿没事吧，女儿点头示意没问题。

容子往沙发上一坐，捶着肩膀说：“啊……累死我了。”

“说什么呢！”我立刻打断她，忌讳她说这个“死”字。容子笑笑，开始细数她买的各种东西。

“爸爸一定饿了吧，我在商场的超市里给你买了鳗鱼饭。”女儿纪子说着把盒饭往桌上放，然后发现我午饭一点都没动。

“爸爸，你怎么没吃午饭呢？”

“我不饿，所以不想吃……”我赶紧搪塞过去。

女儿纪子看出了我的心思：“爸，妈不在你是不是安不下心啊？”

“哪有这回事？”我有点不好意思，嘴上这么说着，但眼神出卖了我。

容子像个孩子一样说着她一天的购物经历：“好久没去买过东西啦，累坏了啊，不过该买的都买齐了，这样我们就可以像往年一样好好过新年啦。”容子脸上堆着满足，像完成了一项大事业似的。

“回来的路上我和纪子还去吃了水果冷糕，真的非常好吃……”容子微笑着说，欣喜溢于言表，苍白的脸上也泛起了光泽。我们谁也没有想到，这次购物竟然成为容子最后一次主动外出。

第二天晚上，我和容子吃完晚饭，容子开始收拾厨房，我倒了杯茶，静静地坐在沙发上看报纸。我拿起杯子发现茶喝完了，于是放下杯子冲她喊道：“喂，给我加点茶吧。”

容子没有答应。“喂”我又叫了一声，抬头看向她。容子的背影不太对劲，双手撑在水池边上，水龙头的水一直在哗啦啦地流着。

“你没事吧？”我问，但没有立刻得到回应。

“我，去一趟洗手间……”容子声音有点颤抖，匆匆进了洗手间。

看着容子的背影，我心中不安，水龙头的水还在哗啦啦地流着，溢出了水壶，那声音，像猫爪一样挠在我的心上。紧接着厕所传来“砰”的一声。

我扔下报纸冲到洗手间，看见容子倒在地上失去了意识。

“容子，容子！你醒醒！”我大喊，任凭我怎么叫，容子也没有睁开眼睛。

心急如焚的我赶紧叫了救护车，同时给女儿打电话让她尽快赶过来。救护车把我们送到了德州会医院。好几名负责值夜班的医生和护士都在门口等着我们。

救护车一到，大家以最快的速度把容子送进了抢救室。医生护士们跑来跑去，看着眼前忙碌的医生护士们，我突然冒出一个想法：“这么多人都在极力抢救容子，如果今天容子无法得救，我也没有理由怨天尤人。”

看着医生护士们来来去去地为容子急救，我才真正感到容子的离开就在眼前，也许就在下一秒。我脑子空荡荡的，耳朵也什么都听不见，此刻的记忆像打碎的玻璃球，一点一点地碎开，散在我的心里，割得我好痛。病房里的容子离我越来越远了，离死亡却越来越近。

应急救援进行到一定阶段，医生短暂地休息一下，过来向我和女儿说明容子的病情：不知道这次发病和癌症有没有关系，根据现在的病情看来估计是脑血栓，而且已经到了心肺停止的状态。

当天晚上，容子没有恢复意识。医生客观地告诉我："你的夫人从现在开始可能会一直处于心肺停止的状态。即便奇迹发生心脏开始跳动了，如果不能恢复意识的话，就极有可能变成植物人。"

一听到"植物人"这几个字，我脑袋"嗡"的一声，如果真是那样的话我该怎么办？我要带着容子去乡下，去长野县或者山梨县，安安静静地不要被人打扰，就那样守着她直到她走的那一天……我已经做了最坏的打算。

容子是在16日晚上倒下的，我17日原定去NHK电视台参加年末节目《对话总理》的录制，需要到总理居住的官邸，跟小渕惠三总理会面对谈。那天晚上容子还为我准备好了西服和领带。就在那晚，容子倒下了，一直昏迷不醒。如果我去东京录了节目再回到茅崎的话，我就无法守着容子，而且很有可能在我来回辗转的这段时间内，容子已经离我而去了。我不允许自己在容子生死未卜的情况下离开。虽然事先已答应了电视台，但为了爱妻，我决定失约，取消原计划。

我和纪子一起在急救室外等候着，一直熬到了凌晨。突然，纪子问我："爸，你今天要去东京录《对话总理》节目对吧？"

我吃惊女儿怎么会知道我的工作日程安排。女儿解释说前一天和母亲一起去日本桥购物的途中，母亲和她讲了很多遍，说我要参加这个节目，还为我准备好了上节目穿的西装。那是她认为我穿上很显年轻、很有风度的一套西装。

"现在你妈妈这种状态，我怎么可能去录节目呢？"我告诉纪子，却立刻遭到了强烈反对：

"不行，爸爸，你一定要去。"女儿拉着我。

"妈妈一直都很担心她的病会影响到你工作，现在你要是突然说不去了，会给电视台的工作人员带来多大的麻烦啊，就算是为了妈妈，你也一定要去！"

女儿的态度前所未有地坚决。的确，如果容子意识清醒能讲话的话，她也一定会要求我去的。在这样的时刻，也许我应该放弃我自己的想法，去做容子希望我做的事情。好吧，我决定，去录节目，完成容子牵挂的事情。

出发之前，我又进了病房。容子身上接着各种管子，鼻子里插着氧气管。我轻轻地在她身边坐下，握起她的手叫她："容子，容子，你醒醒……容子，容子……"她还是那样安静地睡着，不知道她能不能听见，也不知道她能不能撑到我回来。那一刻，我想也许这一去就是永别了。

怀着沉重的心情，穿上容子为我准备好的衣服，我赶往东京。《对话总理》本来是一个谈话节目，但因为心事重重，我几乎都没怎么主动开口说话。坐在镜头前的我，很少抬头："容子怎样了？容子怎样了？"心里的担心与焦虑一直盘旋在心中无法抹去。

两天以后，奇迹发生了，容子恢复了意识！她缓缓睁开眼睛，慢慢确认清楚，看到一直盯着自己的是女儿纪子时，容子问："你爸爸，有没有，好好工作……"

女儿立刻想到妈妈一定是问我有没有去录节目，于是赶紧回应：“《对话总理》节目是吧？去了去了，爸爸去了，现在电视上还在播呢！”听完纪子的话，容子的脸上浮现出放心的表情。

我亲爱的妻子，即便是在昏迷不醒的状态下还挂念着我的工作。从来不想给我的工作带来麻烦，从我们在一起开始，她就是这样一如既往地支持我的事业。这份几十年的情怀，让我不得不为之动容。这个陪伴了我几十年的好妻子，让我是如此之不舍。

他们是如此静谧，他们在另一个世界里

井上纪子（二女儿）

2000年2月24日，母亲没能等到樱花开放便悄然离开了这个世界。孤单的父亲忧郁地过着之后的日子，形单影只。那个夜晚，昏暗的病房里，父亲和母亲静静地紧握双手，在母亲离世的最后一瞬间，父母的心相依在一起。轻轻放下母亲还残留着温度的手时，想必父亲已经在心中跟母亲诀别，诀别了风雨相伴几十年的爱妻。可我始终相信，虽然现实中母亲已离去了，但她永远活在父亲的心中。

母亲过世后不久，父亲开始逃避现实。葬礼期间，父亲坚决不去守夜，葬礼当天，他也固执地要留在家里，拒绝去告别仪式会场。我和丈夫，还有哥哥一起站在他面前

劝说了好久。

哥哥着急了："爸爸，请您不要这样，事到如今您既不参加葬礼，又不换丧服，让作为子女的我们如何是好啊！"

"是啊，那些来缅怀妈妈，想和妈妈告别的人又该怎么办啊！"我说。

父亲抄着手，冷冷地回答："你们想怎么做都好，我是不会出席的。"

哥哥接着说："这样未免太失礼了，对来参加葬礼的客人，我们得表示谢意。"

"要表示感谢，你们出面不就行了。"父亲态度强硬。

"爸爸，我们怎么能够代替您呢，妈妈在作为您妻子的同时也是作家城山三郎的夫人。向出席葬礼的爸爸的读者们致谢，只有爸爸您才能做到。"

"出版界、财界和政界都有很多人来，他们都是爸爸的好友。"一旁的丈夫也着急了，忍不住插话。

"根本没有必要举行这么形式化的葬礼。"父亲表态。

"但是，现在好多客人都已经到场了啊！"

“开始就开始，但是我是不会出席的。”

轮番的劝说没有起到作用，哥哥和我的丈夫都已经九十度鞠躬请求，父亲也只是站起身来侧向一边：“总之，我是不会去的。”

然后走到窗户边，将我们抛在身后。

见父亲还是这样拒绝接受现实，我上前拽着父亲的胳膊将他拉进了房里，从柜子里搬出母亲留下的一箱东西。

“爸爸，您看这个。”我揭开盖子，里面是满满一箱新衬衣，还有写作用的稿纸。

“这些都是妈妈买的，全部都是买给爸爸您的。”

父亲蹲下来，热泪盈眶。

“妈妈即使不在了，也不想给您带来不便，妈妈给您准备好了一箱衣服和稿纸。所以爸爸，请您当这套丧服也是妈妈为您准备的吧，求您了。”我说得声泪俱下。

父亲转过头又低下头，然后缓缓站了起来，走出了房间，他还是不愿意，任凭我在身后大声地呼喊。

父亲还是选择了逃避，他躲到专门放书的旧房子里，坐在一堆书中间，一言不发。

大人们苦口婆心的劝说，我的女儿裕子都看在眼里，她静静地跟着外公去了旧房子，在外公的身旁坐下。见外孙女过来，父亲先开口了：“裕子，你不用担心我。”

“外公，外婆很重视她身边的人，所以大家都那么喜欢她。外公你不也说过吗，十分钟可以到的地方，外婆要花一个小时，是因为她每碰到认识的人都会打招呼，所以，如果不能和大家告别，外婆会伤心的。”女儿缓缓地说，说着孩子最单纯的想法，“虽然外婆并不想和外公告别，但是，请让她和朋友们告别吧！”

父亲认真地听着，点点头：“是吗，或许裕子你说对了，谢谢你。”他回头轻轻地拍拍外孙女的头。固执的父亲终于被裕子说动了。

父亲和裕子，这对祖孙之间存在的除了亲情还有友情。裕子是把父亲当朋友的，她曾有过一段不想去学校厌倦上学的日子，是父亲的一首诗让她鼓起了勇气，恢复了正常的学习生活。

或许是因为在学校遇到了不愉快的事情，或许是压力太大，那段时间女儿裕子拒绝去上学，任凭做母亲的我怎么劝说也不起作用。

一天回家看望父母，我偶然对父亲说起裕子的事情。

父亲叹了口气说："看来我们家裕子还不能适应学校生活啊！"就在那个周末，父亲约裕子在公园见面，送了一首诗给裕子。

公园的长椅上，祖孙俩并排坐着。清晨的公园沐着清新的空气，青草依依，有大人带着小孩在玩耍，一旁的人工瀑布也哗啦啦地流淌着，一切都充满生机。祖孙的谈话就在这清晨的伴奏中展开。

"外公，对不起，让你也担心了。"

"没有哦，外公是一点也没担心哦。你不知道吧，你妈妈当初也不想去上幼儿园。"

"是吗，妈妈过去也讨厌上学啊？"

"对啊，所以你什么时候想去了就什么时候去，不要勉强自己。"

父亲的一席话，让裕子有些意外，她点点头，从心底感谢祖父的理解。父亲从兜里掏出一张叠得整整齐齐的稿纸，递给裕子："裕子，这是给你的，你看看这段话的名字怎样。"

裕子展开稿纸，三句话，取每句第一个字为题《钝、钝、乐》(日语中"钝钝乐"和"快快开心起来"谐音)。

"钝，不费心于人际关系；钝，不介意旁人的言辞；乐，只要这么做就能渐渐变得轻松快乐。'钝钝乐'，来自祖父。"裕子念着，脸上露出豁然开朗的笑容。

父亲就是用这样的方式感染了裕子，不久之后，裕子回到了学校，就此和父亲建立了跨越年龄的友谊。

就像当时父亲宽慰裕子一样，裕子对外公的劝说也奏效了。父亲最终来到了葬礼会场，张罗着要重新布置。他要求大家把财界、商界送的花圈放在旁边，把亲戚朋友送的花圈摆到正中间。在父亲看来，政界、商界、出版界的来宾们就是冲着他的名声及地位而来，而亲友们才是真正为了和母亲道别而来的。看着突然出现在会场忙碌的父亲，我和哥哥吃了一惊，明明刚刚还固执地说不来的。后来，我才知道是女儿裕子的一席话让他改变了主意。

做子女的我们，为了葬礼忙碌了几天，操了很多心，面对父亲的极度不配合，自然心里有些不满。但是，虽然嘴上嘀咕着“父亲怎么这样呢”，其实心里很明白，母亲过世是事实，但是深爱母亲的父亲始终无法承受丧妻之痛，才会这样一再逃避，爱得越深越是难以接受。

那段时间，父亲像个倔强的小孩一样拒绝接受母亲离开的现实。他决定了母亲的墓地选址，却说绝对不会去扫墓。虽然他在葬礼上忙活了一圈，却还是无法从心底接纳这一切。

母亲走了，对父亲而言，她不在神龛上也不在墓地里，她只活在父亲的心里，活在一个别人不知道，也不能随意踏入的角落里。坚持记事的父亲在2月24号那天的空栏里只写了一句话：“绿灯亮起，灯静澄明，而妻已逝。”

后来，父亲再也不回他和母亲最后住的房子，把工作室当作起居室，每天都在那里度过。一段时间后，我去父亲的工作间看他。夕阳照进房间，微风吹起窗帘，在窗户附近的一个角落里，我看见了那张熟悉的母亲的照片。照片上母亲笑得很漂亮，父亲很喜欢这张照片，也作为母亲的遗照在葬礼上用过。这一张是小的，框在一个简单的相框里。相框两侧是一对天使模样的烛台，不知道父亲是从哪里找来的。照片前面摆放的是父母曾一起乘坐过的东方快车模型，还有几个小动物装饰品。所有的小装饰，都是关于父亲母亲的共同回忆。

这就是父亲亲手做的神龛，我想象不出父亲当时是怀着怎样的心情来安排这样一个神龛的。会不会是一边含着眼泪，一边念叨着和母亲的往事，一边把小装饰物一个一个地摆放上去的?

我明白这是父亲专门为自己和母亲摆放的。只有父亲自己才能在这里祈祷，在这个不会被别人打扰的地方，他还在安静地和母亲对话。他继续诉说着生活的点滴，诉说着无尽的思念，诉说着曾经的故事。

对母亲而言，能够有父亲陪伴着走完最后的时光，无疑是幸福的。我想起母亲过世的那一天，她说不要我陪夜，强烈要求父亲陪她。也许那时的母亲已经感觉到自己的生命快要接近尾声了，她希望生命的最后一幕是由父亲陪伴着落幕的。

母亲最终如愿了，她离开的那一瞬间，父亲还紧紧地握着她的手，在对她喃喃细语。

母亲走后几天，我听到父亲低声地自言自语道："能够守着她到最后，真的很幸福。"可以看出来，在母亲最后的这段时光里，父亲和母亲都收获了幸福。但是，之后的七年时间，父亲有多么难过，谁都无法了解，也无法计算。

那种伤痛超出了我们的想象，伤口之大之深，作为子女的我们难以感受。看到父亲的怅然我才明白，原来失去人生伴侣会是如此疼痛，子女也好，孙子和外孙也罢，谁都无法代替母亲给他的安慰。父亲突然间被抽空的内心始终没有被填满，原因很简单，在父亲的心里，再也找不到比母亲更重要的人，母亲的地位无可替代。

一天，我去工作室看父亲，发现他虚弱了好多，明显瘦了，精神状态也不太好。我问他前一天的晚饭在哪儿吃的，父亲说就在附近的便利店随便买了点。

“最近经常去便利店啊，这可不好，爸爸您应该认真地吃饭。”我用半开玩笑的语气嘱咐父亲。

“不过便利店很不错哦，什么都有。”父亲回答道。

听到父亲的回答我笑了。母亲在的时候父亲从来不用操心饮食起居，现在母亲走了，年过七十的父亲才第一次出入便利店，这样的人算是稀有了。

父亲坐到我身边的沙发上，长叹一口气：“最近我第一次真正体验到了。”

“体验什么？”我不解。

“整晚都没有睡着啊！”

“不是吧，爸爸您不是很多年前就开始总睡不着，还说有失眠症吗？”我问。

“是啊，虽然之前也会失眠，但是通常都是不注意的时候打了会儿盹儿。但是这次不一样啊，我是真的一晚上没合上眼。”父亲盯着桌子的一角细细碎碎地说着，像是在怀疑自己的身体。

父亲的话，重重地在我心口撞了一下，我怔住了，再次意识到丧妻之痛有多么深刻，它侵蚀了父亲的灵魂，也侵蚀了父亲的身体。长期失眠，饮食不均，父亲的健康状态骤然开始走下坡路。

从那时开始，父亲每天都离不开红酒。可以毫不夸张地说，在父亲睡不着、吃不下的日子里，他都是靠红酒延续着生命。一瓶又一瓶，喝完了就去便利店买。父亲每天都喝很多，连血和肉都染成了红酒的颜色。我劝诫父亲少喝点，但他总以母亲的一句话来当挡箭牌，搪塞我："你妈妈也说过了，红酒对身体有好处。"这个理由，让我无力抗衡。

渐渐地父亲成了红酒的信仰者，彻底离不开红酒了，之后身体健康也跟着下滑。父亲的体重剧烈下降，肝脏的各项指数也急速恶化。思念、失眠，加上极度的心理压力，所有这一切都是生病的导火线。我意识到不能这么放任父亲，但是我也无法阻止他继续喝酒。之后只要看到父亲喝酒，我便跟着说自己也要喝，幻想着只要我多喝点父亲总能少喝一点吧！

一天，我去看他，带着为他准备的饭菜，但父亲不吃，起身又去倒酒。我跟了过去要他也给我倒一杯。和母亲一样，我酒量很差，不能喝。刚开始只敢轻轻地咂一口。酒到口中，虽然难以下咽，我还是强咽下去了，还撑起笑脸告诉父亲“好喝”。

喝得微醉的时候，父亲会和我聊很多，我想这样至少可以让我更加了解父亲，走进父亲的内心，让父亲多说说，也能帮助他缓解压力。于是我跟着喝，尽量让父亲和我说更多的话。经过一段时间后，曾经完全不能喝酒的我也渐渐开始有了酒量。

作为至亲的家人，我们都难以想象，母亲的离开似乎在父亲的内心凿了一个大洞。在父亲日渐消瘦的身体上，能窥见那一抹浓重的忧伤。眼见着父亲的身体每况愈下，我决定搬家，丈夫和女儿也跟着我从镰仓搬回了茅崎的老家。纵然我不能帮助父亲抹去心里的丧失感，但我想尽可能让父亲内心的悲痛释放出来。

搬回老家，我可以每天去父亲的工作室看看他，给他送点吃的，陪他喝点酒，陪他说说话。就这样我骑着自行车，往返在家和父亲的工作室之间，开始了和父亲若即若离的生活状态。

从母亲因病倒下住院开始，父亲就几乎不回家了。如果没有什么急事，父亲是一步都不愿意迈进家门的。父亲的极端是有原因的，这栋房子是父母为了让自己的晚年过得更好，经过方方面面的考虑才修建的。

新居旁边，就是住了多年的老房子，我和哥哥的童年都是在老房子里度过的。如今那栋房子已经不住人了，所有的房间都放满了书，连走廊的楼梯都堆得跟小山似的。父亲写作需要，因此他买了很多书，分门别类，加上各种资料，整栋房子满满当当全是书，感觉房子都快被压垮了。

眼看旧房子被书侵占了，母亲提出了自己的希望：建一栋新房子，但是所有的书和资料都不准拿进新居，让新居没有丝毫写作的味道，创造一个可以忘掉工作安心休息的地方。就这样，新房子盖起来了。也许因为新房子是按照母亲的希望建造的，这里有两个人最后的回忆，所以母亲走后，极度伤心的父亲再也不愿踏进这个有太多母亲回忆的地方，父亲害怕触景生情。

后来，父亲租了一套公寓作为工作室。每天像白领一样，上班去工作室，下班就回家。在家里，父亲可以抛开工作，泡一杯茶，轻松地看看报纸杂志。这也是母亲晚年最期待的生活方式，让父亲把工作和日常生活分得清清楚楚。而将母亲的这个期待变成现实，也算是父亲对这么多年一直支持自己工作的爱妻的感谢吧。

父亲租的工作室就位于车站前面，从家里出发到那里，正好是适合散步的距离。吃完早饭，父亲拿着母亲为他准备的饭团或便当，朝着和幼儿园一个方向的工作室走去，身后是微笑着目送他出门的母亲。这是一个多么温馨的画面，简单而动人。

偶尔父亲还会很有情调地约母亲出去喝茶或者吃晚饭，有时两个人会在车站碰头，然后一起散步回家。工作室挨着车站，这也方便父亲和编辑们见面谈话。到了晚年，父亲还经常和工作室以及车站附近的人们打交道，而且相处得还很不错。以前母亲总是为不善交际的父亲而担心，看到父亲这样积极地与人交流，母亲也放心了。

父亲待在工作室的那段时间，对母亲来说是可以安心做自己的事的时间，做家务、料理花草，或者打电话约我出去逛街。对父亲而言，待在安静的工作室可以专心创作，就这样夫妇二人晚年的生活方式一点点固定下来，正好那个时候孙子也出生了，二人于公于私都过得很幸福、很安稳。

1999年12月中旬的一天，我突然接到父亲从家里打来的电话，这是第一次接到父亲的来电，之前那么多年从来都是母亲打给我。当时刚吃完晚饭，我正在收拾，准备洗碗。电话响了，我来不及擦拭，用湿淋淋的手接起了电话。

电话那头是父亲没有任何语调的声音："妈妈倒下了，被送到了德州会医院，现在在集中治疗室接受治疗，你过来一趟吧！"电话里，我没有听出父亲的慌张，但是他异常的冷静更让我担心不已。

我匆忙联系到丈夫，然后拜托女儿守在家里，独自一人赶往了茅崎。岁末12月，外面很热闹，但是人潮与笑声仿佛都与我无关，我穿过热闹的街道和闪耀的霓虹只顾一路狂奔。终于到了医院，蓝色的灯光冷冷地照着，我冲进去，在集中治疗室前空荡的几排座椅中，我看到了父亲，他像个迷路的孩子一般，弯着背静静地坐着一动不动。

不知道母亲倒下的原因是否跟秋天确诊的癌症有关系，医生首先判定是脑血栓。母亲刚到医院时已经是心肺停止的状态，我到的时候她依然意识不清。医生推断，母亲最多能再活一两天，说不定连当晚都撑不过去。就算是奇迹出现，母亲只有百分之一的概率捡回一条命，也极有可能成为植物人。

医生的话音未落，父亲便面无表情开始自顾自地说："如果真是那样的话，我和你妈妈就搬到长野县或者山梨县去，对，去长野或者山梨……"父亲像祈福一般细声嘟囔着。

他的话让原本担心的我更发慌，心里顿时燃起一阵火，我大声地说："爸爸，您这是什么话啊！现在妈妈能不能醒来还不知道，您怎么可以这么武断呢！"

由于我的语气很强烈，父亲安静了，夜深人静的医院里，我的声音显得格外刺耳。其实这话也是说给我自己听的。是的，不能放弃，不能这么悲观，哪怕只有一线希望，我们也必须去期待、去争取。

信念是伟大的，我感叹，几天后，奇迹发生了。病床上昏迷不醒的母亲像是感受到了父亲的不安，她奇迹般地睁开了眼睛。所有人都惊喜得掉泪，我们一家人悬着的心得以落下来。我不敢去想象如果那一天母亲就那样匆匆离开了人世的话，父亲将伤心到什么程度。

"去长野或者山梨县……"说着这句话的时候，父亲已经到了绝望的边缘。但是，深爱父亲的母亲醒过来了，她没有考虑太多，只是不想让父亲伤心欲绝而已，仅此而已，这就足够给她挣开迷雾、创造奇迹的动力。

从几天的长睡中苏醒过来的母亲，睁开眼睛看清我后，第一句话就问："你爸爸，有没有，好好工作……"

“什么？”我没有听清。

“爸爸，去了吗？”母亲艰难地一字一顿地说，声音微弱得只能看口型。

我反应过来母亲是在担心父亲会不会因为她倒下而没去参加《对话总理》节目，我赶紧说道：“去了去了，现在电视上还在转播呢，妈妈，您放心吧！”

说完，我趴在母亲的枕头边哭了。都已经到了无法正常呼吸状态的母亲，醒来第一句竟然是问父亲的工作。是啊，母亲真的回来了，还是那个总会对父亲的工作牵肠挂肚的她。

为了父亲，为了活下去，母亲鼓起勇气，让自己在人世间最为痛苦的医疗现场停了下来。之后，母亲在病床上度过了新年，年后的两个多月时间里，天生怕疼的母亲，每天都在忍受着疼痛接受各种治疗。母亲用她的忍耐给父亲以及我们这些子女们充足的时间做好心理准备，去迎接“最后那一天”的到来。

其实父亲和母亲都不知道，我把母亲的癌症已经到了没希望治愈的晚期的事实隐瞒到最后。母亲接受完全身检查后，医生单独告诉我，母亲的病已经无计可施。9月确诊，只剩下三个月左右的生命，能不能撑到年末也是个未知数。这个沉痛而残忍的事实，我不敢告诉父母，只对回来探望母亲的哥哥说了，我们俩商量了，决定保密到最后。不敢告诉父亲，是因为担心他无法接受这个事实，这么多年一直依靠着母亲的父亲要是知道母亲日子不多了，恐怕会选择比母亲先离开。

尊重母亲本人的意愿，不住院，不手术，只接受一些抗生类药物和其他的辅助性治疗。在因为脑血栓倒下入院之前，除了定期到医院接受治疗，母亲每天的生活照旧，做饭、打扫……只是休息的时间多了一些。癌症折磨着母亲，作为女儿，虽然我无法知道她有多痛，但能从她疲惫的背影里看出她的辛苦。

母亲感觉到自己剩下的日子已经不多了，但却神奇地克服了脑血栓，过年后的一段时间还恢复了以往那精神抖擞的状态。性格开朗的母亲和每一个来看望她的亲朋好友以及医院的医生护士们都相处得非常好，经常和大家聊天说笑，让沉重的病房多了许多欢笑与活力。那段时间，父亲也每天来医院和母亲一起吃晚饭，他会去水果店买新鲜的水果，带到病房，削好或剥好喂到母亲的嘴里。吃完了就和母亲一起说说笑笑，聊聊往事。

母亲病重住院那段时间，哥哥还在纽约上班，对母亲的病情他知道得很清楚。为了不让父母感觉他是专程回来看望母亲的，哥哥找了个理由说是出差回来开会，正好有时间来陪陪母亲。

回想起来，母亲住院的最后一个多月，对父亲、母亲、哥哥和我来说都是弥足珍贵的，那是一段和家人共度的幸福时光。亲情让我们紧密地联系在一起，彼此担心，彼此挂念，彼此珍惜。躺在病床上的母亲牵挂着父亲，父亲又担心着母亲，两个人都对负责照料母亲的我说“辛苦你了”，哥哥因为不能在国内长待对我表示歉意。我们都开始更多地为身边的人考虑，然后每天都用微笑去面对对方。

生病是一种不幸，不管是对病人还是对家属而言，病痛都是那么折磨人。但是对我们一家人来说，那段时光在我们每个人心中种下了一种不能替代的幸福。

七年以后，父亲与当初的母亲一样身体突然不行了。去年（2006年）春天，母亲的七年忌，父亲的身体骤然衰弱。也许是父亲也意识到自己老了，开始看很多关于老年人的书，父亲的字典里，衰老和死亡之类的词渐渐登上了舞台。在他的工作室，我看到了好几本这样的书散落在各处。搬回老家后，我经常去父亲的工作间，若即若离地照顾着父亲。但以如今的状态看来，除了工作，父亲的生活和身体也逐渐需要我时常关注着。

为了更方便照顾父亲，我开始劝说他从工作室搬出来回家住。从年末到第二年年初，当女儿的我一直要求父亲搬回来和我们一家人住在一起。其实我心里明白，父亲是害怕搬来和我们一起住的，因为搬过来就意味着不得不承认自己确实老了，需要子女照顾了。对于好强的父亲来说，这种心灵上的服软很难抉择。我强烈地要求着，就像是在逼着父亲快一点觉醒，老老实实地去面对自己老了的事实。

虽然我强人所难的要求对父亲而言是一道难以翻越的心墙，但是一想到虚弱的父亲在隆冬的寒冷中不得不一个人在空荡荡的工作室里度过，我就再一次坚定了决心。

父亲还是老样子，不希望给别人添麻烦，包括自己的子女。他坚持说我们有这份心意就足够了，自己一个人没关系。我不气馁，不能顺着倔强的父亲，于是郑重地对他说："爸爸，您不仅是我们的父亲，更是受到千万读者期待的作家'城山三郎'啊，您对读者是有责任的，所以，请您把我的要求当作一个普通读者的心愿吧！"

听了这话，父亲的态度顿时缓和了，他想了想，接受了我的提议："好吧，既然你都说到这分上了，我就搬回去吧。"

对于千千万万的读者，父亲从来都是有求必应，他爱他的读者们，称读者就是他这一生最光辉的勋章。

但是，让我意想不到的是，父亲搬回来，真正开始和我们一家人同吃同住的生活后，反而比以前更瘦了。看着骨瘦如柴的父亲，我的心揪成了一团，越来越单薄无力的背影像刀子一样搅动我的心，痛得我忍不住掉泪。

我想要帮父亲做点什么，伸手帮忙的时候，他总是很客气地说："没关系的，给你添麻烦了，实在是不好意思啊！"

我和父亲都是容易害羞又固执的人，他这么说，我也不知道如何是好，于是想要帮忙的手停在了半空中又不得不收回来。我想谁都可以想象我们父女间的这种相处的尴尬吧！

对有着坚强的心和健康身体的父亲，我从来都是怀着敬意的，但是经过一段与父亲相处的日子，这种敬爱渐渐转化成疼爱。有时候甚至觉得父亲跟孩子一样需要疼爱和怜悯。父亲让我感受到生命的脆弱，同时也感受到了活下去的力量，一种谢意油然而生，继而对父亲崇高的尊敬变得更加强烈。

我想起小时候记忆深刻的一幕，父亲为了磨炼身心，在院子里的一个铁棒上挂了个沙袋，有时候穿着木屐就去锻炼，使着狠劲一拳又一拳。想起对自己的弹跳力很有信心的父亲，曾经在车站两级两级地跳楼梯，被母亲大声地制止了，那时候他还像个调皮的孩子一样说：“没事没事啦！”想起父亲看资料时敏锐的目光，想起他在书房独自一人思考问题时深沉的背影。关于父亲的一幕幕都是那么清晰，就像是昨天发生的事一样。

然而转眼之间，面前却是已经老去的父亲。岁月、时光，丝丝镌刻在父亲的皱纹和白发中，让我阵阵心痛。

之后，我决定每天从家里与父亲一起散步到他的工作室，就像之前母亲陪着他一样。一路上我们欣赏着含苞待放的梅花、初冒新芽的树木花草，听着鸟儿婉转的啼鸣，感受着扑面而来的春天气息。所有的这一切都让我放慢了脚步，感受到所有的生命都是可爱的，世界如此美丽。我吮吸着空气，感受到的是温暖和幸福，而让我体验到这一切的是我敬爱的父亲，有时候我会想，也许这就是父亲留给我最后的也是最为珍贵的礼物。

坦白地说，那段时间我二十四小时都绷紧神经照顾着父亲的饮食起居，身心都得不到休息。虽然每天身体都很疲倦，但我的心中却被从未有过的温暖充斥着。

“很累”但是“弥足珍贵”。一方面觉得比较辛苦，另一方面又在想这是父亲给我的尽孝机会，一个无法替代，也许再也不会有的机会。

早春的一个早上，父亲像往日一样坐在沙发上写作，我不经意地回头看他，发现父亲手里拿着笔突然动不了了，表情很怪，明显是身体状态不好。我连忙帮父亲量了体温，发现他在发烧。

倔强的父亲坐在沙发上一动不动，嘴上还说：“没事啦，就是有点咳嗽，估计是感冒了。”

我不放心，让女儿裕子去帮我把车开出车库，然后我们母女俩一人一边扶着父亲上了车赶往医院。父亲很不情愿地被我们拉到医院，经过医生的紧急治疗后，刚刚还嚷着不来的父亲挂上了氧气瓶躺在病床上被推了出来。父亲果然是在勉强支撑着，明明病情已经很严重了，还不愿意来医院，我倔强的爸爸啊！

医生告诉我：“是急性肺炎，这个年纪老人的多发病症。肺部有大量积水，所以赶紧住院吧！”

我听了，心里突然一阵疼痛。我天天都在悉心照料父亲，怎么还会出现这样的情况呢，而且都这么严重了我才发现。

早知道是这样，我当初就不应该强行要求父亲搬回来，让他像之前一样在工作室里按照自己喜欢的节奏去生活，不用介意给我添麻烦，不用顾虑太多地自由生活，也许现在父亲就不会是这个状态了。想到这里，我开始自责，觉得很对不起父亲。以为搬回来和我们住是好事，实际上那并不是父亲想要的生活方式。一起生活的这段时间，父亲总是动不动就对我说“谢谢”，还面带微笑，但是，父亲是真希望这样吗？我给的是父亲想要的吗？我一直在问自己，直到父亲离开。

刚刚住院的时候，父亲总时不时地问：“我的工作怎么办呢？我的稿纸在哪儿啊？”

我对他说：“爸爸，您现在的工作就是好好休息。休息好了才能好好地创作，好多读者都等着你呢。”

“是吗，呵呵，这样啊！”这一次父亲意外地接纳了我的意见，就那样躺着休息，也不再提他的创作。

一段时间后，父亲开始经常看着天花板，想事情发呆。我问他："爸爸，您怎么了，在想什么呢？"

父亲嘟囔着："为什么只有我一个人在这里躺着呢？为什么就我还活着呢？"

父亲想起了逝去的战友们，还有也住在茅崎的作家开高健氏和同一时代的藤泽周平氏、吉村昭氏。过去的人、过去的事如放电影般一幕幕浮现在父亲眼前。多少人离开了，如今只有他孤独地躺在安静的病房里。

我安慰父亲："因为爸爸您还有要做的事，还有很多人期待着您，所以您才被老天爷留到今天啊！"

"是吗，也许是吧。"父亲喃喃道，然后继续抬头看天花板。

我告诉父亲："还有好多编辑、读者等着您出院呢，大家都等着看您的作品啊！"

"是啊，那真的是太难得了。"父亲叹口气，轻轻地说着。

父亲先是感染了病原体患了肺炎，之后又患了间质性肺炎，这是父亲的死因。当两种病症一起发作时，父亲是相当的痛苦。喉咙里有痰想吐，但是虚弱的父亲已经没有力量把痰咳出来。父亲没办法正常进食，甚至连流食都流不进他的喉咙。看着父亲痛苦的表情，一旁的我早已忍不住啜泣。

我是多么的期望父亲能完全好起来，但是医生的话已经把我的一切希望都扼杀了。医生明确地告诉我，以父亲的年龄和体力看来，已经没有治愈的希望了。我不得不面对现实，不得不改变我的想法，与其考虑父亲出院后的日子，不如想想眼下如何能让父亲好过一点。我知道，父亲本人也不愿意过那种即便出院回家，却拿不起笔，想写什么也写不了的日子。

我可以想象得到，手脚不能动，连鼻子和嘴巴上都挂着各种医疗器械的父亲该有多痛苦。轻轻摩挲着父亲那瘦骨嶙峋的手，我在心中默念了千遍万遍："对不起，爸爸，让您受苦了。"

即便处于这样的状态。父亲还会用他断断续续的气息和微微能活动的手示意我："你去休息一下吧，喝点水吧！"父亲那样想表达自己，但是又是那样艰难。

怕我们因为照顾他而受累，怕我们太辛苦。父亲忘了我们和他到底谁才是病人，谁才是需要被关心照顾的一方。

"爸爸，我们没关系的，您不用担心我们，好好休息吧！"我回应父亲的示意。

这时父亲就像安详的老翁一样，眯缝起眼睛，然后继续看着天花板。

医生再次告诉我们已经没有治愈的希望了，病人的呼吸越来越急促，也越来越痛苦，要我们家人做好最后的心理准备。

"静静成长的事物一定能茁壮成长，茁壮成长的事物一定能走得更远。"这是父亲最喜欢的一句话。我和哥哥不期待父亲能够走得多远，只求他能轻松一点、好过一点。

从那一天开始，父亲就陷入了半昏迷的状态，呼吸也越来越微弱。一天中大部分时间都闭着眼睛。但是，即便如此，如果我们在他耳畔对他说话，他还会竭尽全力，用他虚弱的声音回应我们。父亲在努力，虽然他累了，但是儿女的呼唤通过空气、皮肤与血脉一直传达到了他的内心。

“哎……”“嗯……”父亲每一次低声地回应，微动的双唇都在耗费生命最后的力量。

父亲去世前两天的晚上，我和哥哥在医院待了一天打算回家，临走前跟父亲打招呼：“爸爸，我们今天就先回去了，明天再来看您，您好好休息吧！”话音刚落，父亲突然睁开了眼睛，直直地看着我和哥哥，然后说了一句话，没有出声，也出不了声。

我们从父亲的口型上看出了他在问我们什么，父亲颤动着双唇：“妈妈，在哪儿呢？”

读懂了父亲的问题，我的眼泪立刻夺眶而出：“妈妈啊，妈妈很好，爸爸您放心吧！”我支吾着搪塞过去。

即便意识蒙眬，即便疼痛难忍，父亲还在竭力搜寻母亲的身影。父亲那期待的眼神深深地印在了我的脑海里，成为他给我的最后一条信息。

一天后的早上，医院打来电话说父亲快要撑不住了，状况急剧恶化。我急忙出门，无意中瞟了一下墙上的钟，时间和七年前母亲过世的时间几乎一致。顿时，我心里咯噔了一下，涌出了一股不祥的预感。

春天柔和的阳光照耀着大地，我朝医院狂奔而去。遗憾的是，我最终还是没有赶上，等我到医院时父亲已经永眠了。瞬间眼泪如喷泉般往外涌，我自责着，为什么不快一点呢，连父亲最后一面都没有见到。

不过，下一秒钟，我挫折的内心忽然平静了。父亲临终时写着幸福的表情解救了我。我用手轻抚父亲的额头，告别了所有的痛苦与折磨，他是那样安详。静静地看着父亲的脸，我分明意识到他脸上浮现出的是幸福。是的，父亲如孩子般纯真地笑着，望着父亲，我也禁不住扬起了嘴角。我知道，毋庸置疑，父亲脸上留下的笑容是给母亲的。

父亲的脸微微上扬，是那么安然，根本没有丝毫被病痛折磨过的痕迹，也没有牵肠挂肚的眷恋，只写满了喜悦。父亲就是带着这样的表情离开了人世。我和哥哥同时都意识到了："一定是妈妈回来迎接爸爸了。"

父亲的遗容，让我和哥哥的身体、心灵，甚至正流淌在脸上的眼泪都在顷刻间变得温暖起来。

“爸爸前两天还在找妈妈呢，一定是妈妈回来叫他了‘老公，你也可以休息啦，这七年你也够努力了，辛苦你啦’，对吧，哥哥。”我学着母亲的口气试着去想象父母间的对话。

哥哥也点着头：“是啊，一定是这样的。”

最后的最后，父亲留给了我们淡淡的温柔。

“这下爸爸也开心了，终于可以到另一个世界和妈妈团聚了。”我说着，语调带着些许轻松，也许有些失礼，但这是我的真心话。

如此想来，母亲的死、父亲的死对我们子女来说都是“弥足珍贵”的“黄金般的日子”。两个人都没有常年卧病，也没有猝不及防地消失，在走向终点倒数的日子里，父母都给我们留下了一段家人团聚在一起的幸福时光。

乘着清爽的春风，父亲飞上了他挚爱的蓝天，去和他挚爱的妻子团聚了。仰望蓝天，我仿佛看见父母的笑脸。

像大地一样的母亲和像风一样的父亲，像太阳一样的母亲和如月光般的父亲。两者完全不一样，但又是如此天造地设地般配。这么多年，父母一直都保持着第一次见面时的少男少女情怀，一直深爱着对方。爸爸、妈妈，你们在那一边也一定很幸福吧……

到现在每次祭奠父母的时候，我都不会念佛经，而是重复着对父母说着“谢谢”。父亲和母亲给了我尽孝的机会，虽然辛苦，但却无比幸福。此时此刻，我双手合十，望着初冬湛蓝的天空，默默地说着“谢谢”。

母亲过世后不久，有出版社拜托父亲写一本关于母亲的书。“大家叫我写一本关于妈妈的书，我很犹豫。”接到拜托后，父亲向我念叨了好几次。有一天，父亲对我说：“你妈妈啊，出现在我的梦里了，问我：‘你是在写我吗？’她好像希望我写她啊！”父亲笑了，表情有点害羞、有点苦涩。

当初父亲还说不想写母亲的，什么时候开始父亲又觉得自己应该写呢？父亲找了很多理由，说他不能客观地再现母亲的形象，写不出来也写不好，等等，不过最终还是在过世前半年开始认真地投入创作，开始写关于母亲的故事。

“我要在今年写完。”父亲为自己设定了目标。但是由于健康问题，创作还没完成，父亲便住院了。现在想想，也许是母亲不希望父亲写更多关于她的事情，于是在成书之前将父亲带走了。

“老公，你在写我吗？呵呵，好开心啊，不过还是不太好意思啊！”我仿佛听到了母亲这样对父亲说。害羞的母亲带走了父亲，也带走了那部分没有写出来的文字和真情。

有时候我会看看父亲写出来的稿件。父亲在书里十分直白地描述对母亲的思念。其中一些文字我自己看了觉得有些突兀，于是对专心创作的父亲说了一些自以为是的话：“爸爸，你不也经常说吗，还是不要加入太多自己个人的想法比较好啊！”

父亲把母亲称为“天使”“妖精”“从天而降的仙女”我觉得过于直接过于夸张了。但是，那时的我怎么那么不理解父亲的心意呢？这些都是父亲最真实的想法，字里行间都是父亲对母亲的爱，我有什么资格去评价呢？

母亲去世前半个月左右，我才第一次听说父母是如何相遇的。当时母亲的身体状况已经很不好了，一天我和她聊天，母亲亲口跟我讲了她和父亲的相遇，或许母亲觉得是时候该跟我讲讲，担心以后没有机会了。于是母亲一气呵成地对我讲了她和父亲在图书馆相遇的故事，讲了他们多年后的重逢。

在父母年轻的那个年代，自由恋爱的婚姻少之又少，所以我一直以为父母是经别人介绍相亲结婚的，当母亲告诉我他们是自由恋爱而结婚时，我吃了一惊。

“啊，真的吗？原来如此！”我不停地感叹。

父亲和母亲如此恩爱，几十年如一日的情谊与当初坚实的感情基础是息息相关的。

“我这一生最害怕的一次就是你爸爸三十多岁时被怀疑患了癌症。”母亲说。

“那时候我都不知道该怎么办了。”母亲的这段讲述让我受到了一点打击，我一直以为母亲的心里充满母爱，一直都是把自己的孩子——我和哥哥，放在第一位的。

“当然，对你和你哥哥我也是处处疼爱，但是，我坦白，心里最担心的还是你们的爸爸啊！”母亲说这句话的时候，还带着几分对我和哥哥的歉意。

这段对话被我在心里深埋了好长一段时间。于我，这是一个略带着感伤又有喜悦的母亲的告白。

到了中年被母亲告知母亲最爱的不是自己而是父亲，这样的告白或许会让人觉得有点心痛，但是它让我再次清楚地认识到父母之间的牵绊是多么牢固、多么深刻。

父亲走了，工作室也失去了主人。我在那里找到了散落在各处标记有字符“ë”（俄语）的原稿。内容都是关于母亲的文字，但字符的意思只有父亲自己才知道。找遍房间各处，我搜集起原稿，稍微整理了一下，很明显看得出来父亲的创作还没完工，而且有中间落下的、顺序不对的地方。要是当时父亲写作的时候，我能在他身边多帮着收拾一下也许就不会这么糟糕了。但回头想想，工作室是父亲的私人空间，那里有摆放着母亲照片的小神龛，那里是连做女儿的我也不能轻易踏入的圣地。

不管怎样，我总算把我能找到的稿子整理好交到了新潮社的楠濑启之先生手里。新潮社的编辑们能把原稿成功地串在一起组成这本书，让我非常欣慰，我发自内心地感谢大家。如果父亲知道他最后未完成的创作能够出这么一本完美的书的话，也一定会像之前一样深表谢意，说一句："真是太难得了。"

最后，我想代表现在在天上某处无忧无虑地生活着的父亲，向一直被父亲称为"我的勋章"的读者朋友们，向以楠濑先生为代表的编辑朋友们，以及一直以来给我们关心与帮助的所有人表示最诚挚的感谢，谢谢你们！